文春文庫

鼠異聞

上

新・酔いどれ小籐次（十七）

佐伯泰英

文藝春秋

目次

「新・酔いどれ小籐次」おもな登場人物

赤目小籐次（あかめことうじ）
元豊後森藩江戸下屋敷の厩番。主君・久留島通嘉が城中で大名四家に嘲笑されたことを知り、藩を辞して四藩の大名行列を襲い、御鑓先を奪い取る（御鑓拝借事件）。この事件を機に、〝酔いどれ小籐次〟として江戸中の人気者となる。来島水軍流の達人にして、無類の酒好き。研ぎ仕事を生業としている。

赤目駿太郎
小籐次を襲った刺客・須藤平八郎の息子。須藤を斃した小籐次が養父となる。愛犬はクロスケとシロ。

赤目りょう
小籐次の妻となった歌人。旗本水野監物家の奥女中を辞し、芽柳（めやなぎ）派を主宰する。須崎村の望外川荘に暮らす。

五十六
芝口橋北詰めに店を構える紙問屋久慈屋の隠居。小籐次の強力な庇護者。

久慈屋昌右衛門
番頭だった浩介が、婿入りして八代目昌右衛門を襲名。妻はおやえ。

観右衛門
久慈屋の大番頭。

国三
久慈屋の手代。

秀次
南町奉行所の岡っ引き。難波橋の親分。小籐次の協力を得て事件を解決する。

桃井春蔵　アサリ河岸の鏡心明智流道場主。駿太郎が稽古に通う。

岩代壮吾　北町奉行所与力見習。弟の祥次郎と共に桃井道場の門弟。

空蔵（そらぞう）　読売屋の書き方兼なんでも屋。通称「ほら蔵」。

うづ　弟の角吉とともに、深川蛤町裏河岸で野菜を舟で商う。小籐次の得意先で曲（わげ）物（もの）師の万作の倅、太郎吉と所帯を持った。

青山忠裕（ただやす）　丹波篠山藩主、譜代大名で老中。妻は久子。小籐次と協力関係にある。

おしん　青山忠裕配下の密偵。中田新八とともに小籐次と協力し合う。

お鈴　おしんの従妹。丹波篠山の旅籠の娘。久慈屋で奉公している。

鼠異聞（上）

新・酔いどれ小籐次（十七）

第一章　妙な客

一

徳川幕府開闢から二百年余が過ぎ、江戸は太平の世を謳歌していた。後年から歴史を見れば、異国列強の襲来と政治体制の緩みから大政奉還という、「大事」を前にしていた。

文政九年（一八二六）の初夏、江戸の人々はだれ一人として「大事」到来を知る由もない。

赤目小籐次はいつものように芝口橋際の紙問屋久慈屋の店先に研ぎ場を設けてもらい、この界隈のお店や裏長屋の住人の包丁を手入れしていた。

暑くもなく寒くもなく穏やかな陽射しが降って、なんとも長閑な日和だった。

久慈屋の帳場格子のなかで店の内外ににらみを利かす大番頭の観右衛門が四つ（午前十時）の茶に小籐次を誘おうとしたとき、研ぎ場の前に人影が立った。

その光景を若い八代目の当主がなにげなく見ていた。

小籐次は伽羅の香りを感じて眼前の裾を見た。

絹の鼠小紋の着流し、麻地の足袋に畳裏の小粋な草履を履きこなしていた。

小籐次は研ぎの手を止めて顔を上げた。

背丈は小籐次と同じく五尺そこそこだろう。だが、年齢は小籐次の倅といってもよいほど若かった。さらに大顔の小籐次と違い、整った小顔の唇に紅を塗っていた。それが白い肌によく似合った。

小籐次は一瞬女が男装しているのかと錯覚したが、すぐに間違いに気付いた。

「なんぞ御用かな」

「仕事の邪魔をしてすまねえ」

と相手が詫びた。

「なんのことがあろう。道を聞くなれば、帳場格子の大番頭さんが詳しいがのう」

「いや、赤目小籐次様に頼みがあってね」

「なに、わしにとな。厄介ごとは困るがのう」

「天下の酔いどれ様に厄介ごとね」

と応じた相手が、

「わっしの持ち物を研いでは頂けぬか、そんな頼みだ」

「なに、研ぎの御用か。それでは客ではないか、失礼を致した」

「研いで頂けますかえ」

相手が小籐次の前にしゃがんだ。どこか険を含んだ雰囲気を漂わせていたが、それを装いなれた表情で上手に隠していた。

「お持ちなれば拝見いたそう」

「ご覧になってお断りされることもありますかえ」

「さようなことはござらぬ。刃物もあれこれござろう。そなたの持ち物、それなりのものと見た。となれば、この場に持ち合わせの砥石では手入れができまいと思うただけじゃ」

相手は懐から錦の古裂の袋に入った懐剣を出すと紐を解き、小籐次に差し出した。すべて仕草にメリハリがあって、様になっていた。懐刀は、短刀の一種であり、男女ともに携えた。しかし客が差し出した懐剣は合口拵（あいくちごしらえ）、祝言衣装に装具として用いられた大名道具かと思われた。

小籐次は洗い桶の水で手を清め、まだ使っていない手拭いで拭って、

「拝見致す」

と手を差し出すと相手が頷（うなず）いて渡した。むろん鍔（つば）はなく柄（つか）も鞘（さや）も薄紫色であった。そこへ薄紅色の光が穏やかに奔（はし）っていた。

小籐次は静かに鞘から刃を抜いた。

「ほう」

と小さな驚きの声を漏らした。菖蒲造（しょうぶづくり）、刃渡（はわたり）は五寸一分と見た。

菖蒲造はその名のとおり、菖蒲の葉に似た造込みだった。横手筋がなく鎬筋（しのぎすじ）が鎺（はばき）から鋒（きっさき）まですっと通っていた。懐剣は主に刺突（しとつ）に用いられ、菖蒲造は勝負に通じると武将に好まれた。だが、この懐剣は明らかに女の持ち物であった。菖蒲造を表して刀身の表裏に見事な菖蒲が刻まれていた。

小籐次はこれほどの懐剣を見たことがなかった。刃は血の一滴の汚れもなかったが、長年手入れがなされなかったことは明白だった。ゆえに見事な菖蒲造も刃もくすんでみえた。

「これほどの菖蒲造の短刀、研屋じじいのわしの手で手入れをするより、名人の刀研ぎ師に頼まれるのがよろしかろう」

小籐次は素直な心情を述べた。

「わっしは酔いどれ小籐次様に手入れを願いてえ」

「買いかぶりじゃな」

「いや、刀研ぎの名人上手だって、この懐刀が甦る手入れができるとは思わねえ。なによりわっしが酔いどれ様に頼みたいのさ」

「あり難いお言葉じゃが難題じゃのう」

と呟き、思案した小籐次は、

「懐剣を使われる予定が近々ござるかな」

「へえ、この五郎正宗で止めを刺しとうございましてな」

（なに、だれの止めを刺すというか）

小籐次は眼前の客の顔を改めて見た。冗談とは思えなかった。客はそれ以上の説明をなす様子はなく、ただ今の言葉を素直に受け止めるべきと小籐次は思った。

「五郎正宗、とな」

「無銘と聞きましたがね、この菖蒲造ゆえか、彫物ゆえか菖蒲正宗と呼ばれているそうな。そんなわけで、わっしは五郎正宗と信じておりましてね」

客は柄を外して調べたことがないらしい。

「そなた、だれぞに狙われておるか」

小籐次は問うた。

「狙われているといえばそうなりますかな」

客は淡々とした返答をなした。

しばし菖蒲正宗と客が称した懐剣に見入った。そして、決断した。

「しばらく預からせてもらうがよいな」

小籐次はこの眼前の人物同様に菖蒲正宗に関心を持った。

「須崎(すざき)村に持ち帰られますかえ」

相手は小籐次が望外川荘(ぼうがいせんそう)に住んでいることを承知と匂わせた。

「いかぬか。この近くの長屋にも仕事場を持っておるで、研ぎ道具を用意すれば長屋でもできぬことはない」

「望外川荘で、いや、酔いどれ様の得心のいく場所で満足のいく手入れがしてもらいたい」

しばし間を置いた小籐次は、

「承知した」

と答えていた。

大きく頷いた相手は袖の中から袱紗(ふくさ)を出して、

「十両入っていまさあ。酔いどれ様の持っておられる道具で足りなければこの十両で砥石を購(あがな)ってほしい。研ぎ代は仕上がった折に支払います、それでようございましょうか」

「なんとも驚き入ったな」

「酔いどれ小籐次様にも驚くことがございますかえ」

「わしはご覧のとおり久慈屋さんの店先に研ぎ場を設けさせてもらい、包丁一本四十文で研ぎを承るじじいじゃぞ。さような研屋にかような大名道具を持ち込むご仁があろうとは、それも砥石を買えと十両も前払いとはな。世間はこの歳になってもそうそう容易(たやす)く分からぬものよ」

と小籐次は感じ入った。

「江戸広しといえども、この菖蒲正宗を研ぎあげてくれるのは赤目小籐次様しかいめえと改めて得心しましたぜ」

「預かろう」

相手が袱紗包みを小籐次に渡した。

「名を聞いておこうか」

「名な、子次郎と呼んでくだせえ」

「小次郎さんか、この菖蒲造の懐剣にどれほど時を要するか分からぬぞ。道具を揃えて数日でやろうと思えばできぬことはあるまい。じゃが、それではおぬし、満足すまい」

小籐次は相手の名を自分と同じ小の字の小次郎と思い込んだ。

「半年一年かけて手入れすると言われるのは困る。せめて二月、いや一月ほどで仕上げてほしい」

「相分かった」

「頼んだぜ」

と立ち上がった途端に伽羅の香りが漂った。

「なんぞ火急のことが起り、この正宗が入用になった折はいずこへなりと訪ねて参られよ。そなた、わしの居場所はすべて承知のようじゃからな」

「分かりましたぜ。研ぎ上がった折は、こちらの研ぎ場にこやつを置いてくれまいか」

と首にぶら下げていた根付と思える鼠を外して小籐次の前に垂らした。

「職人衆の道具やら裏長屋の使い込んだ包丁ばかり研ぐ身には、いささか難しい注文じゃが、引き受けた以上は必ず手入れをいたす。その折、満足がいかぬなら、幾たびであろうと研ぎ直す」

「酔いどれ小籐次様に難癖をつけられる客があるものか」

小次郎と名乗った客は、

ふわり

と芝口橋の往来する人混みに紛れるように姿をかき消した。

小籐次はその背を見送り、錦の古裂に合口拵の大名道具を丁寧に入れた。そして鼠の根付と袱紗包みといっしょにして手拭いで包んだ。そのとき、観右衛門から、

「お茶にしませんか、赤目様」

と声がかかった。

「喉が渇いており申した。あり難い」

小籐次は客から預かったばかりの三つを包んだ手拭いを懐に入れた。

「変わったお客人でしたな」

台所の定席に座った観右衛門がいきなり口を切った。

「客も持ち物も珍しいな」

小籐次は懐に突っ込んでいた手拭いを出して観右衛門の前に置いた。

「話はお聞きになりましたな」

「いえ、それがね、あのお方の声は私ばかりか若い八代目にもよく聞き取れない声音でございましてな。赤目様も相手の声に合わせておられましたな」

「ほう、わしは気付かなかったが、われら、そんな潜み声で話しておったか」

小籐次が首を捻った。

「いえ、潜み声というのではございません。ですが、なぜか他人には聞き取れないのでございますよ」

と観右衛門がいうところに珍しく昌右衛門まで台所に姿を見せた。

「おや、旦那様、珍しゅうございますね」

「大番頭さん、おやえが隠居所を訪ねておるのをお忘れですか。奥にいてもつまらない」

「おお、迂闊でした」

と答えた観右衛門だが、主が台所で小籐次らと同席してお茶を喫することは珍しかった。

「赤目様に研ぎを頼んだお客人はどなたですか」

「旦那様もやはりあのお方が気になりますかな」

「堅気の人ではございませんね。失礼ながら生まれがいいとは思いませんし、危ない感じを秘めておいでです。それでいて、妙な色気の持ち主でございましたな」

と昌右衛門も相手の見当がつかない風だった。

「赤目様、研ぎを頼まれたのは女ものの懐剣でございましたな」

大番頭が催促するように話を継いだ。

小籐次は古裂に入った懐剣と袱紗包みの十両、そして手入れが終わった折に研ぎ場にぶら下げてくれと願った鼠の根付を二人に見せた。

「なかなかの持ち物ですな」

観右衛門は、まず女ものの懐剣の装いに関心を寄せた。

「菖蒲正宗と称される五郎正宗だそうです」

正宗ほど世に知られた刀もあるまい。さりながら名刀鍛冶の相州五郎正宗ほど幾多の伝説に彩られて実態は曖昧模糊としているものもなかった。

小籐次は相州五郎正宗に菖蒲造の懐剣があるのかどうかさえ知らなかった。

「赤目様、正宗といえば、川の流れに正宗と村正を立てておく挿話が有名ですな。流れきた落ち葉が村正に当たると見事に二つに斬り分けられ、一方、正宗は木の葉が避けてとおったという言い伝えがございましたな、あの正宗ですかな」

「と、当人が申しておりますがな」

と答えながら、あの客はなぜ「たれぞを刺すのに用いる」などと謎めいた言葉を小籐次に述べたのか、あのような説明をなしたのか、分からなかった。

久慈屋の当代の昌右衛門は鼠の根付を手にとってしげしげと見た。

「この木彫り、名のある根付師にでも彫らせましたか。実に巧妙な細工でございますな」

「ほんによくできた木彫りですな」

と観右衛門も興味を示し、

「あのご仁、何者です」

と小籐次に改めて聞いた。

「さあて、何者かは存じませぬが、名は小次郎というておりましたな」

「小次郎ですか」

と観右衛門が念押しし、

「どこかで聞いた名ですな、もっとも小次郎さんなんぞは巷にあふれておりますがな」

とこんな感想を述べた。

「大番頭さん、いかがですかな」

と昌右衛門が鼠の根付を手に、

「この鼠に格別な意はございませんかな」

「鼠の根付、にですか」

と観右衛門が長い思案のあと、

「まさかこのところ江戸を騒がせている盗人、のことをおっしゃっているのですかな」

「あのお方、赤目様に『こじろう』と名乗ったそうな。根付の鼠は干支頭で、子どもの子と書いて子と読ませますな。もしやしてと想像逞しゅうしただけの話です」

「旦那様は、あの者が近ごろ世間で噂の、武家屋敷に忍び込み、女衆を恐れさせている盗人ではないかと申されますか」

観右衛門が繰り返して主の言葉の意を質した。

「いえ、そうと言い切れるわけもない。大名道具と思える懐剣といい、鼠の根付といい、名が『子次郎』さんならば、となんとなく思いついたのです」

「このところの騒ぎとな、わしはどこぞに旅をしていたかのう、思い当たらぬがのう」

と小籐次は数年前からの出来事を振り返ってみた。だが、「盗人の子次郎」に聞き覚えはなかった。

「文政六年以来、武家屋敷に何十回も忍び込んだと聞いておりますがな。この騒ぎ、世間に広まることなく人の口の端に上らなくなった曰くがございましてな」

と観右衛門が記憶を辿って言い出した。

「あの者が盗人やもしれぬとな」

小籐次は、依頼を受けてしまったのは早計だったかと後悔しながら、二人に質した。

「はい、ご存じなければお話し申し上げますがな、もとは次郎吉という名であったようですが、生まれも育ちも曖昧でございましてな、その辺りはご勘弁くださいまし」

と観右衛門が前置きして話し出した。

官許の芝居小屋、中村座のなんでも屋の息子として元吉原の裏店に生まれた次郎吉は、十歳のころ、木工職人に弟子入りして十六歳で親元に戻されたとか。そのあと、鳶人足やらあれこれと職を転々として、どこでも不行跡を働き、二十五歳の折に親から勘当されたという。江戸無宿になった次郎吉は、賭博で身を持ち崩して盗人稼業に手を染めたそうな。

文政六年ごろから、次郎吉は大身旗本や大名屋敷の奥に忍び込むことを覚えた。大身旗本や大名の江戸藩邸が意外と不用心極まりないことを知った次郎吉は、二年ほどの間に何十回と武家方の奥に忍び込んで金品を盗みとってきた。ところが被害にあった武家屋敷では体面を重んじるために大目付や目付、あるいは密かに出入りさせる町奉行所にも届けなかったのだ、ために次郎吉の所業は世間に知られることはなかった。

「赤目様、去年、赤目様が丹波篠山に参られ、江戸を不在にされていた折に、次郎吉は土浦藩江戸藩邸、奏者番土屋彦直様の屋敷に忍び込んだところを家来衆に見つかり、捕縛されております。ですが、南町奉行所の厳しい尋問にも『なんとのう、ふらふらと歩いておるとあのお屋敷の裏門が開いておりましたゆえにな、つい忍び込みました』と虚言を弄して言い抜け、たしか入墨を入れられた上に江戸払いでしたか、大した罰を受けることなく逃げおおせたのでございますよ。ともかく、口は上手いし、容貌も良く役人だろうがなんだろうが人をだます手管は大したものだそうです。江戸から追放されて上方に姿を隠したあと、江戸に戻ってきて子次郎と称しておると世間の噂で聞きました」

「大番頭どの、わしも子次郎さんの口に乗せられましたかな」

「さあて、そこですね。もし、あの子次郎さんが盗人の次郎吉ならば、なぜ酔いどれ小籐次様に近づいてきたか、その辺りが気になります」

と昌右衛門も言った。

「わしのことをだれが漏らしたか」

「まさか、空蔵さんではありますまいな」

「いえ、空蔵さんとは違いましょう」

と曖昧に返事をした観右衛門が、

「どうなされますな、この頼み」

「わしは盗人から十両を預かり、懐剣の五郎正宗を手入れすることになったわけだな。さてどうしたものか」

「赤目様は、あの者が何者か知らなかったのです。しかしこの話、当分、入魂の付き合いの南町奉行所近藤精兵衛様にも空蔵さんにも口にされないほうがようございませんか」

と昌右衛門が忠言した。

「ううーん」

小籐次は唸って沈思し、

「昌右衛門さんの申されるとおり、わしは、あの者が何者か見当もつかなかったのじゃ。一人の客として懐剣を預かったことにして遇するのがよかろうかな」

と釈然としない口調で呟いた。

事実、あの客を怪盗と決めつけるほどの証は三人してなにも持ち合わせていなかった。

「つまり赤目様はなにもせんのですな。この正宗を研ぎもせずあの者が来るのを待つわけですか」

観右衛門が小籐次に質した。

「いや、それではあの者が得心するまい。わしも手入れを致すと客たるかの者に約定したのじゃからな。なすことだけはしておこうか」

「どこぞの大名屋敷から盗んできた五郎正宗の懐剣かもしれませんぞ」

「大番頭どのは、この正宗が盗品と申されるか」

「いえ、決めつけてはおりませんぞ。なにしろ未だあの者が小次郎か子次郎か、次郎吉かもはっきりとしませんし、盗人と決まったわけではございませんでな」

と最前の言葉とは違った考えを観右衛門が述べ、小籐次はしばし沈思した。

「あの者が盗人であれなんであれ、その約束どおり、思案をすることにいたそうと思う」

小籐次の言葉に二人が大きく頷き、

「店の者には固く口留めしておきます」

と観右衛門が言い、小籐次はいささか気が重くなったことを感じながら、手拭いに懐剣と十両と鼠の根付を包み込んだ。

二

この日、駿太郎がアサリ河岸の桃井道場での稽古を終えて久慈屋に飛び込んできたのは大番頭の観右衛門に付き合い、小籐次が昼餉に呼ばれる刻限だった。

奉公人たちが交代で慌ただしく食し終えた九つ半（午後一時）時分だ。

いつも駿太郎は九つ（正午）前に姿を見せるのだが、本日はだいぶ遅かった。

額に汗を光らせた駿太郎が、

「父上、遅くなって申し訳ありません」

と詫びた。

「なんぞあったか」

「はい、ございました」

上気した体（てい）の駿太郎が応じた。そんな親子の問答を聞いていた観右衛門が、

「台所に駿太郎さんともども参りませんか」

と誘った。

「は、はい」

駿太郎が返事をして、久慈屋の台所に親子ともども三和土（たたき）廊下から通った。

「あら、駿太郎さん、今日は遅かったわね」

すっかり久慈屋の奥奉公に慣れたお鈴（すず）が駿太郎に声をかけた。

「お鈴さん、いつもより半刻（一時間）以上も遅いです」

「お腹すいたでしょう。さ、早く膳の前に座って」

　お鈴は広い台所の板の間の、いつも大番頭と小籐次が食事をしたり茶を喫したりする黒光りした大黒柱の前に誘った。

　いつも駿太郎は、観右衛門と小籐次の席から離れて、女衆が食する場近くで昼餉をとるのだが、本日は駿太郎の膳も大黒柱の前にあった。とはいえ、時節が時節、火鉢には火は入っていなかった。

「ああ、冷やしうどんだ」

　駿太郎が思わず声を漏らした。

　この夏、初めての冷やしうどんだった。むろん力仕事の奉公人たちには握りめしがついていた。この日の握りめしは筍ごはんを握ったものだ。

「駿太郎さん、遅かった分、お腹が空いたわよね」

「ありがとう」

　と返事をした駿太郎が合掌して箸を取りかけ、

「父上、本日、桃井道場に新しい門弟が入門されました」

「おお、八丁堀の関わりの子弟かな」

　アサリ河岸にある鏡心明智（きょうしんめいち）流の桃井春蔵道場は八丁堀に近いという立地のため南北町奉行所の与力・同心の子弟が門弟に多かった。

「いえ、それが違います。旗本の次男とかで、すでに役職に就いて何年か京の役所に出仕していたお方だそうで、江戸に戻られて入門されるようです」

「となると若くはないか」

小籐次の問いに首を傾げた駿太郎が、

「二十いくつかと思えます」

と応じたが、慌てて言い添えた。

「駿太郎は未だ大人の歳がよくわかりません」

「そなたがいささか興奮の体というのは、新しい門弟どのはなかなかの腕前ということだな」

「は、はい、それが」

と駿太郎は考え込んだ。

「京の所司代か、京都町奉行所で奉公されたのならば、それなりの腕前であろう。桃井先生がすぐに入門をお許しになったか」

「桃井先生は、そなたの奉公経験なれば、うちの道場で満足するとは思えんな、数日通った上で入門をお決めになっても遅くはなかろう、稽古にはいつなりともお出でなされと申されました」

小籐次は桃井春蔵らしい対応だと思った。

町道場も客商売だ、門弟が一人増えれば束脩や月々の稽古代が入ってくるのだ。他の道場ならば、まず弟子入りさせて束脩を払わせるだろうと思った。

「桃井先生はそれなりの腕前と見たようだな。その者、たれぞと稽古をなしたか」

「その場におられた岩代壮吾さんが稽古をしたい気配を見せられましたが、先生自ら相手をなされました」

「ほう、桃井先生が自らな。で、どうであった」

「はい、それが」

と冷やしうどんと筍ごはんの握りめしを前に駿太郎が考え込んだ。

「互いに竹刀を構え合われましたが、しばらく見合ったままで直ぐに桃井先生が竹刀を引かれて、『それがしの力量では太刀打ちできませんな。他の道場を当たられたらどうか』とあっさりと申されました」

「なに、桃井先生は竹刀で打ちあわれなかったか」

「はい」

と応じた駿太郎が、

「父上、昼餉を食してようございますか」

と願った。

「おお、待たせたな、頂戴せよ」

と許しを与えると、膳を前に合掌し直した駿太郎が箸をとり、白ネギと油揚げが入った冷やしうどんのどんぶりを持ち上げて、するすると啜（すす）り、

「ああ、美味（うま）い」

と思わず漏らしたが、

「あのお方と桃井先生、どうして竹刀を交えなかったのでしょう」

と小籐次に聞いた。

「旗本というたな」

「と、言ったと思います」

「桃井先生が竹刀を交えなかった理由（わけ）はその場におらぬわしには分からぬ。どうだ、その者、先生の言葉を聞いて素直に竹刀を引いて引き下がったか」

「はい。丁重に礼を申されて、『しばらく道場に通わせて頂きます』と応じるとあっさりと引き上げていかれました」

箸を手にした小籐次がしばし沈思し、

「駿太郎はどう思うた、その入門志願者の腕前じゃが」

「うーむ、分かりません」

と駿太郎は答えた。

駿太郎は歳こそ若いが父の小籐次と幾たびか修羅場を潜り、初めての相手でも技量の推測くらいつけられる経験があった。

「分からぬとはどういうことか」

「強いお方と思えます。おそらく桃井道場の師範方と同じくらいか、上の技量の持ち主かと思います。ですが、なんとなくなにかを隠しておられるようで、桃井先生自ら立ち合ったのはそのことを感じられたのであろうかと、岩代壮吾さん方と話しているうちに遅くなりました」

「駿太郎、その者、京で何年も奉公して参られたのだ。真剣勝負の場にも立ち会われたに相違ない。その辺りを気にかけて、桃井先生は弟子たちには立ち合わせなかったのかもしれんな」

と小籐次が考えを述べ、冷やしうどんを食し始めた。

「赤目様親子の周りにはあれこれと奇妙なことがございますな」

と観右衛門が思わず口にして、

「久慈屋さんでもなにかございましたか」

と駿太郎が質した。観右衛門がいささか慌てた口調で、

「本日はなにもございませんでしたな」

と言った。

子次郎と称した客の一件は、しばらく身内にも内緒にしておこうと昌右衛門、観右衛門主従と小籐次の三人の間で決まっていたからだ。小籐次は砥石代として預かった十両と手入れが終わった合図に研ぎ場に置く鼠の根付は、観右衛門に預かってもらい、相州五郎正宗と称する懐剣のみ持ち帰って、どう手入れをしたものか、折々見て思案しようと考えていた。

いつもより遅い昼餉を終えた小籐次と駿太郎親子が店の研ぎ場に戻ると、読売屋の空蔵が所在なげに上がり框(かまち)に腰を下ろしていた。

「今日は昼めしが遅くないか」

と尋ねた。

「仕事の手順によっては昼餉を馳走になるのが遅くなることもあれば早くなることもあろう。なんぞ御用かな」

「仕事が忙しければ、酔いどれ様の顔を拝みにこないんだがな、世の中、妙に静

かなんだよ。これじゃ、読売屋はめしの食い上げ、上がったりだ。赤目の旦那、読売のタネはないか」

「そう都合よくそなたの飯のタネが世間に転がっているものか」

「ないか」

と上がり框から研ぎ場の前にしゃがみ、

くんくん

と鼻を鳴らして、

「良い香りがしやがるな。裏長屋のおかみさんが匂袋はつけめえし、おりょう様が見えておられたか」

「おりょうは須崎村におるわ。芝口橋を通った御女中衆の香りが風に乗ってながれてきたかのう」

と例の客のことを伏せるために虚言を弄した。

空蔵が小籐次と駿太郎の親子を見て、

「この二人に匂袋は似合うめえな」

と訝し気な顔をした。空蔵は小籐次の返答を信じていない表情だった。

「そなた、われらの仕事を邪魔しにきたか。そろそろ去んでくれぬか」

「そう邪険にしなくてもいいじゃないか。こちらは暇なんだよ」

「ならばわれら親子の研ぎ仕事でも見ておれ」

と言った小籐次は足袋問屋の職人頭から預かった道具の手入れを再開した。

隣ではすでに駿太郎がこの界隈の裏長屋の女衆が持ち込んだ出刃包丁の研ぎを始めていた。

「文政の世は景気がいいという者もいるがよ、巷に物ばかりあふれても購う銭がねえって一家が多いよな」

と空蔵が話柄を変えた。

「……」

小籐次は無言を通すことにした。

「物を買えねえ者が多いからよ、店に物があふれているんだと思うぜ。酔いどれ様はこの場に十両があったらよ、なにが買いてえよ」

「……」

最前の客が小籐次に預けた十両を空蔵が承知かと思い、どきりとした。

「おれが聞いてんだよ、酔いどれの旦那よ、返事くらいしねえな」

「そなた、いくつに相なった」

無言を自ら破っていた。

「何年か前によ、不惑は過ぎたな」

「わしの歳になれば分かる。金子(きんす)があっても買いたき品などなにひとつないということがな」

「そうだよな、酔いどれ様は、この研ぎ場に紙人形の赤目親子を置くだけで何百両って賽銭(さいせん)があつまるもんな。あつまった銭も奉行所に寄進しておわりとは欲がねえよな。おれならよ、まず八百善あたりに柳橋の芸者をあげてさ、下り酒とうめえ食い物で長唄か、端唄を聞きながら一杯飲むな。それで若い芸者とな、ねんごろに」

と言っていた空蔵の口が不意に止まった。

駿太郎が研ぎを止めて空蔵を見ていた。

「駿ちゃんよ、若いおまえさんの前でする話じゃねえな。こりゃ、夢なんだよ、現(うつつ)の話じゃねえんだよ」

と言い訳して、

「こんな世知辛い世の中にさ、本所の貧乏たらしい裏長屋によ、一朱やときに小粒が投げ込まれていくてんだよ。ほんとうの話かね」

と空蔵がまた話柄を変えた。

「なに、さような奇特なご仁がおられるか」

と思わず小籐次が顔を上げて空蔵を見た。

「おお、そんな噂だがね、確かめてないや」

「なんとも気持ちよい話ではないか。なぜそれを調べて読売にせぬ、空蔵さんや」

「ほう、空蔵さんや、とさん付けできたか。おめえさんは、六百両だ、二百両だと銭のケタが違うしよ、そいつをあっさりと町奉行所や御救小屋に寄進するてんで、読売のネタになるがよ、裏長屋に一朱や一分金では話がみみっちいやな。読売を買う野郎どもはよ、夢を買うか、他人が不幸になったなんて話を期待して買うんだよ」

「いや、そうではないぞ、空蔵さん」

「おや、酔いどれ様が手を止めて話に乗ってきたけどよ。おれの話を聞いてなかったか、一朱、一分は、確かに稼ぐのは大変だがよ、夢を見るほどの大金じゃねえよな」

「店賃の支払いを案ずる裏長屋に一朱や一分金を投げ込むほうが、わしが賽銭を奉行所や御救小屋に寄進するより、なんぼか真心が籠(こも)っておらぬか。これこそ読売屋ほら蔵が書くべき話ではないか」

「そうかね、川向こうの本所の裏店の話だぜ、ほんとうのことかどうか分かるめえ。でえいち、一朱投げ込まれた当人が、『うちに一朱が投げ込まれておりました』と告げるかえ、おれならば黙って懐(ぼっぽ)に入れるか、煮売り屋の水っぽい酒に化けるんじゃねえか」

「空蔵、考え違いをしておらぬか。かようなうるわしき話こそ、とくと調べて読売にするのがそなたの務めだぞ。読売が売れる売れないは二の次だ」

「じょ、冗談じゃないぜ。川向こうまで行ってよ、こんな話をほじくり出すのか」

「おお、それがそなたの務め、読売屋の使命である」

ふーん、と鼻で返事をした空蔵が、

「よし、この話がよ、かたちになったら、酔いどれ小籐次様ご発案のネタって芝口橋のうえで口上を述べていいな」

「なに、わしの発案じゃと、ううーん」

と矛先を向けられた小籐次は唸った。

「父上、それくらい我慢なさったらどうですか」

駿太郎が研ぎの手を止めて言った。

「そうか、致し方ないか」

「さすがに駿太郎さんだね、おりょう様のしつけがよいのか、ものの道理が分かっておる」

と言った空蔵が研ぎ場の前で立ち上がり、

「このまま川向こうに行くぜ。いいかえ、このネタの発案者は酔いどれ小籐次、ゆえに読売になったときには、赤目小籐次様の署名が入る、それでいいな」

と言い残した空蔵が脱兎のごとく駆け出していった。

「ま、待て。空蔵、だれが署名するなどと申したな」

と研ぎ場に立ち上がりかけた小籐次に、

「父上、空蔵さんはもはや何丁も先に走っております」

「ううーん、またしてもあやつの手に乗せられたわ」

と嘆く小籐次の耳に帳場格子から観右衛門の笑い声が聞こえてきた。

「おかしゅうござるか、大番頭どの」

と観右衛門に背中を向けたまま、小籐次は憮然とした顔で言った。

「これは失礼をばいたしました。されど、なぜ空蔵さんの話に乗って、あれこれと知恵をつけられましたな」

「大番頭どの、ともかくこの場から一刻も早くあやつを立ち去らせようとしたのが間違いの因にござった、浅知恵でござったな。結局、乗せられましたぞ」

と小籐次は嘆いた。

「空蔵さんとて、川向こうの噂話が読売になるとは思っていませんでしたよ、そこへ赤目様からの忠言があったので張り切った、というところでしょうね。まあ、この話は、読売になる話ではございますまいよ。だれがこのご時世に一朱やら一分金を裏長屋に配って歩くというのです」

と観右衛門が言った。

「でしょうな」

小籐次も観右衛門の返答にようやく平静に戻った。

「いえ、この話、意外に大ネタに化けるということも考えられますよ」

と八代目の昌右衛門が涼し気な顔で反論した。

「まことですかな、八代目」

「当たるも八卦当たらぬも八卦、といったところでしょうか、なんの確信もございません。最前、赤目様も申されましたが、一朱、一分ゆえまことなれば話には裏があり、ひろがりそうな気がしただけです」

と昌右衛門が言い、微笑んだ。

「父上、自業自得というのはこういうことですか」

「駿太郎、そなたまで父を小ばかにいたすか」

「決して小ばかになどしていません。もしまことの話ならば、きっとうるわしい事情があります。空蔵さんならば、きっと読んで心温まる読売にしあげます」

小籐次はしばし研ぎ作業もせず思案をしていたが、

「自業自得な」

と呟いていた。

三

この日、七つ半（午後五時）まで久慈屋で仕事をした小籐次と駿太郎親子はひと区切りついたので、

「明日から深川蛤町（はまぐりちょう）裏河岸に参ろうと思います」

と大番頭の観右衛門に告げた。

「このところ赤目様の周りには穏やかな日々が続いておりましたでな、明日からは赤目様親子の紙人形の出番ですか」

と観右衛門が少し残念そうな顔をした。そこへ春立庵を訪ねて隠居夫婦に孫の正一郎とお浩の二人を見せに行っていたおやえが駕籠に乗って戻ってきて、

「お父つぁんが『偶に赤目様が春立庵に顔を見せてくれるとうれしいのだがな』と我がままを言っておりました」

と告げた。

春立庵とは五十六とお楽の隠居所の名だ。

「おや、先代は早隠居暮らしに飽きましたかな」

「いえ、お父つぁんもおっ母さんも隠居暮らしを楽しんでおります。ただ、これまで身内や奉公人、それに赤目様方と大勢に囲まれて奥で過ごしておりましたので、奉公人三人との五人だけの隠居所暮らしは、静かすぎて寂しいのかもしれませんね。いつまでも孫二人を帰そうとしませんで、この刻限になりました」

と言った。奉公人がいるといっても一人は通い、男衆は別棟だ。春立庵では五十六とお楽の二人の日々だ。

「まあ、急に暮らしが変化したのです。ときに芝口橋のお店にお出でになればよいものを」

と観右衛門が言うと、

「大番頭さん、芝口橋に顔出しすると、里心がつくようで、お父つぁんは我慢しているのです。老夫婦が隠居暮らしに慣れるまでにはしばらく歳月が要りましょう」

とおやえがこたえた。

「お父つぁんは、この次、須崎村の芽柳(めやなぎ)派の集いに出た折におりょう様に秋の景色を描いた掛け軸を注文するのだともらしておりました」

「おりょうの描く絵がよほど気に入りましたかな」

と応じる小籐次の傍らから駿太郎が、

「父上、五十六様は須崎村にくる折にはお楽様を伴い、一晩泊まっていかれてはどうでしょう。お夕姉ちゃんやお鈴さんのひと月一度の望外川荘泊まりのようにです」

「駿太郎、それはよい考えかもしれんな。芽柳派の集いに五十六様だけが顔出しするよりも、お楽様連れで、一晩泊まりの企てはよい思いつきじゃぞ」

と小籐次が駿太郎の考えに賛意を示した。

「なんと芝口橋のお店ではなく須崎村泊りですか。なにやら望外川荘が別邸か旅籠(はたご)になったようですな」

と観右衛門が言い、

「隠居夫婦にその話を聞かせると、必ず伺うと言い出します。望外川荘の泊まりはもう少しお父つぁんとおっ母さんが神谷町の暮らしに慣れてからの方が、よろしいかと思います」

とおやえが応じた。

「うーむ、隠居暮らしもなかなか大変じゃな、がらりと日々の暮らしが変わるのじゃからな。わしは死ぬまで隠居暮らしはできそうにもない」

と小籐次がもらし、

「赤目様の隠居暮らしは無理でございましょうな。どう考えても似合いません、それに千代田のお城のおえら方や江戸っ子が許すとは思いません」

と八代目の昌右衛門が言い切った。

この日も小舟を駿太郎が漕いで、西日を出来るだけさけるために江戸の内海には出ず、御堀から堀伝いに日本橋川、さらには箱崎町右手に出て大川へと抜けると須崎村に向かった。

「父上、その手拭い包みはなんでございますか」

最前から父が時折大事そうに触る、腰に差した手拭い包みの筒を気にした駿太郎が質した。

「うむ」

と小籐次は無意識のうちに包みを触っていたことに気づいた。

「初めての客人からな、懐剣の手入れをしてくれぬかと頼まれて預かったのだ。なかなかの道具と思うのだが、わしが手入れしてよいものかどうか迷っておるところよ」

「懐剣ですか。父上は先祖伝来の次直の手入れをしてこられたではないですか。刀と懐剣ではまた手入れの感じが違いますか」

「うむ、己の持ち物と他人様の懐剣ではやはりな。まあ、何日か預かって手入れができるかどうか考え、気持ちを固めてからにしようと思う」

と小籐次は細かい話はせずに答えた。

駿太郎はそれ以上懐剣に関心を示さず、

「父上、明日から数日深川通いですね」

と念押しした。

「そうしようかと思う」

「ならば父上を蛤町裏河岸に送っていき、駿太郎はその足でアサリ河岸に朝稽古に行き、お昼の刻限に父上の研ぎ場に行くのでようございますね」

「そうしてくれるか」

親子で明日の予定を確かめ合ったところで望外川荘の船着き場のある湧水池への水路へ入っていた。

初夏の夕暮れ、池の岸辺に生えた葭の緑が西日を浴びて美しく輝いていた。

気配を感じた望外川荘の飼い犬のクロスケとシロが池の岸辺に姿を見せて嬉しそうに吠えまわり、船着き場に飛びあがってきた。

「クロスケ、シロ、本日はお土産はなしだぞ。大人しくしておれ」

駿太郎が小舟から言い聞かせたが、二匹の犬は横付けになる前に乗り込んできて、小籐次や駿太郎にじゃれかかった。

「うちは隠居所暮らしとはほど遠いな。二匹の犬の騒ぎぶりだけで閑静とは無縁じゃ」

小籐次が二匹の飼い犬の頭をなでてようやく落ち着かせた。

船着き場から犬たちに先導されて離れの茶室の傍らから庭に入るとおりょうが縁側に立って親子を迎えた。

「お帰りなされ」

「わが家は賑やかな出迎えじゃな」

「賑やかではなりませぬか」

「五十六様とお楽様はいささか隠居所に慣れぬ様子でな、本日もおやえさんが二人の子をつれて隠居所を訪ねておられたわ」

「ふっふっふふふ」

とおりょうが笑った。

「やはりお寂しいのでございましょうか」

「大所帯からいきなり少人数の隠居暮らしだ、そう容易くは慣れまいな。芝口橋の店に顔を出すと里心がつくそうで、我慢しておられるそうじゃぞ」

「芽柳派の集いではさようなお顔はなさっておられませんけど」

「でな、駿太郎が次なる集いの折にお楽様もお誘いしてひと晩泊っていかれてはと、おやえさんに申し上げた」

「あら、それはよい考えですよ、駿太郎」

「ところがおやえさんは、両親にとってもう少し春立庵の暮らしに慣れてからのほうがよいのではとのご返答でした」

駿太郎の言葉にしばし沈思したおりょうが、

「おやえさんもあれこれと考えなされますね」

「なにしろひとり娘じゃからな、両親のことが気になるのであろう」

「駿太郎は、父上と母上がお二人でどこへ参られようと気にしません」

「あら、駿太郎たら冷たいのですね」

「冷たいというのではありません。男と女の違いです、母上」

「そうでしょうか、おまえ様」

「うむ、駿太郎は物心つかぬうちから長屋暮らし、ただ今はこの望外川荘住まい。ついでにじい様が父親でおりょうが母親と身内が不意に増えたしな。わしら一家は並みの暮らし方ではないで、駿太郎はよほどのことがないかぎり驚くまいな」

「たしかにうちは血のつながりのない一家です。それだけに絆は強いと思うておりました」

「母上、絆が強いゆえ、駿太郎はお二人がどこにおられようと案ずることはございません」

　駿太郎の言葉におりょうは得心できないような顔をした。

「おりょう、ただ今のわれらの暮らしぶりが不満か」

「とんでもございません。不満などあろうはずはございません」

「それみよ、ただ今の暮らしが幸せゆえ、妙な考えをいたすのだ。われら、差し当たってどこぞに出ていく心算（つもり）もあるまい。案ずることなどないわ」

　と小籐次も言った。

　駿太郎が舟から下ろした研ぎ道具を縁側に置いた。

　おりょうがなにか言いかけたとき、

「父上、懐剣、どうなされます」

　と駿太郎が小籐次に質した。

「おお、これな」

　と腰に差していた手拭い包みの懐剣を出した。

「おまえ様、懐剣の研ぎを頼まれましたか」

「初めての客人に願われたものだ」

　小籐次が手拭いを外すと錦の古裂袋が現れた。

「おまえ様、錦の古裂とはさぞ由緒正しき逸品でございましょうな」

「客人は、無銘ながら相州五郎正宗というておったがな」

「正宗でございますか。どうりで古裂の錦地がなんとも雅でございます。懐剣を拝見させてはもらえませぬか」

おりょうの願いにいったん懐剣を縁側に置き、次直を腰から抜くとおりょうが受け取り、傍らに置いた。改めて小籐次が古裂の袋の紐をほどき、紫地に薄紅色の模様が入った懐剣をおりょうに差し出した。

「おまえ様、拵えも立派にございます。大名か大身旗本の嫁入り道具ではございますまいか」

「さような逸品を、職人衆の道具やふだん使いの出刃包丁の研屋のじじいに持ち込んできおったわ」

「いえ、赤目小籐次はただの研屋ではございません。天下無双の武勇の士にして心細やかなご仁、このお方しかないと確信なされて持ち込まれたのです」

と言ったおりょうが、

「拝見いたします」

と述べると優雅な手さばきで懐剣の鞘を払った。

「なんと」

と言葉を漏らしたおりょうが折からの日没の光に刃渡五寸一分と小籐次が推量した菖蒲造の懐剣を翳した。

曇りの出た刃に夕陽が映えた。

しばし無言でおりょうが刃を見つめ、駿太郎も傍らから覗き見た。

「りょうには正宗かどうかの判断はつきません。ですが、この懐剣の持ち主、それなりの身分のお方かと思います」

「久慈屋の研ぎ場で見た折より一段と艶があって凄みがあるな。菖蒲正宗と二つ名の相州五郎正宗とあの者がいうた言葉に間違いはなかろう」

「おまえ様にお頼みになったのは大家の奥向きの女衆でございましたか」

しばし小籐次は間を置いた。

「この懐剣の手入れを願った客を昌右衛門様も観右衛門さんも見ておられる。また奉公人もな。客が戻ったあと、お二人と話し、手入れを頼まれた客のことはしばらく内緒にすることにしたほうがよろしかろうと話が一致した。観右衛門さんが奉公人にも口留めいたしたのだ。ゆえにおりょうにも駿太郎にも話せぬ」

「ならばなぜりょうにこの懐剣を見せられましたな」

「見てのとおり、身分のある女性の持ち物とそれがしも見た。そなたがどのような見方をするか確かめたかったのだ」

「で、わたしの見方がもはやお分かりですか」

「およそな」

おりょうが頷き、刃を鞘に納めた。

「父上、どうなされます、手入れをなされますか」

と駿太郎が問うた。

「いったん引き受けたのだ。今更断るわけにもいくまい。じゃが、このわしに出来るかどうか、迷っておる」

「赤目小籐次ならばと客人は白羽の矢を立てた、それをおまえ様は引き受けなされたのです。赤目小籐次なれば、必ずやこの懐剣の手入れを為しとげられましょう」

とおりょうが言い切った。

首肯した小籐次はおりょうから懐剣を受け取り、錦の古裂の袋に納めると紐を結んで、望外川荘の神棚の三方の上に置いて拝礼した。

「父上、約定した手入れの日にちはいくにちですか」

「一、二月うちとかの客に約束した」

「一、二月もかけられるのですか。この小さな刀に」

「駿太郎、刃渡二尺七寸余の大業物（おおわざもの）であろうと五寸一分の懐剣であろうと、研ぎ師の気持ちが固まるまでにはその程度の月日はかかるものだ。まずは気持ちを固め、この懐剣に見合った砥石をいくつか購う要があろう。研ぎをいたすのはそのあとのことだ」

「この夏じゅうかかるとは驚きです」

「駿太郎、最前、母の傍らから懐剣を覗き見たな。あの懐剣、どうみた」

と小籐次は倅に質した。

「父上、駿太郎は手にとって刀を遣い、己に見合う刀かどうかくらいのことしか、未だ分かりません。まして女衆が携えておられた名匠の手になる懐剣、どうかと申されても、なんとも答えられません。私が気にかかるのは、この懐剣の持ち主のことです、なぜ父上を名指しで手入れを頼まれたのでしょうか」

「最前も申したな、わしに手入れを願った人物のことは質してはならぬと。この懐剣を代々伝えられた屋敷の女衆ではないことは間違いないと答えよう。父がこの懐剣の手入れをしてみようと考えたのは、手入れが長年なされなかった懐剣の来し方を考えたゆえだ。だれが携えるにしろ、このままではこの懐剣が不憫と思うたのだ」

「父上、よう分かりました」

「おまえ様、手入れを引き受けられたことは間違いではございません。さすがにわが君、どうか存分に考え、手入れを尽くしてくださいまし」

小籐次と駿太郎が湯に入り、互いに背中を糠袋（ぬかぶくろ）でこすり合った。

「駿太郎、そなた、最前、刀は己に見合う刀かどうかしか分からぬというたな。ただ今の駿太郎なれば、それで十分の識見である」

「成人すればあれこれと分かるときがきましょうか」

「ほとんどが無益な知識ばかりをひけらかすことになるな。駿太郎が最前いうたように、体付き、技量、経験に合わせた刀を一本携えておれば、それでよしと考えよ。刀を見て、これはと思わせるものは持ち主の生き方が刃に映されておるからであろう」

小籐次は駿太郎にこれまで口にしなかった考えがあった。

駿太郎が小籐次の背丈を二寸以上も超えた折、孫六兼元（まごろくかねもと）を差し料として与えた。

兼元は、芝神明社の大宮司西東正継から頂戴した一剣だ。神社に長らく眠っていた名刀を十やそこらの少年に与えたのは、名のある鍛冶が鍛造した剣が駿太郎に与える影響を考えてのことだ。名剣は名人を育て、駄剣はそれなりの剣術遣いにしか育てぬと思うてのことだ。

「最前の懐剣のようにですか」

「おお、そなたの母御の懐剣にはおりょうの生き方が見えるはずじゃ。だがな、それが分かるようになるには駿太郎がいろいろな経験を積まねばなるまいて」

「はい」

と駿太郎が素直に返事をした。

「おまえ様、駿太郎、いつまで湯に浸かっておられます。お二人を文が待っておりますよ」

と湯殿の外からおりょうが言った。

小籐次は最前おりょうがなにか言いかけ、懐剣のことを駿太郎が言い出したために話が聞けなかったのは文のことかと思った。

「文、な。どなたであろう」

小籐次は江戸での知り合いをあれこれと考えた。

「母上、丹波篠山のお鈴さんの父上様ではございませんか」

「駿太郎、ようお分かりですね、それもございます」

「もう一通届いておるのか。わが家に珍しいこともあるな」

「お鈴さんの父御の文は、篠山藩の御用囊(ぶくろ)に入って江戸藩邸に届いたそうで、おしんさんが本日届けてくれました。ゆえにおまえ様を待たずして、おしんさんといっしょに読ませて頂きました」

「親父の百左衛門どのは寂しいと認(したた)めてこられたのではないか」

「おしんさんもそう考えられたゆえ直に望外川荘に届けに来られ、二人しておまえ様にも断らず封を披(ひら)かせてもらいました」

「さようなことはどうでもよい。で、親父様はどう申されておるな」

「百左衛門様も母御のお登季様も、お鈴さんがわたしどもに従い江戸まで送っていくと言い出したときから、このことは覚悟していたそうです。江戸でも老舗(しにせ)の紙問屋の奥向きに奉公するなど、赤目小籐次様がおらねば決してできなかったことと、感謝されておられます」

「そうか、百左衛門どのはあの折からかようなことは覚悟のうえであったか。なかなか言えぬことじゃのう」

「はい」

二人はもう一度湯に浸かり、体を温め直すことにした。

四

「母上、もう一通も読まれましたか」

「いいえ、封は披いておりません。丹波篠山からの文は、父と母の連名の宛名にございました。二通目は、駿太郎、そなたに宛てたものです」

「えっ、駿太郎に書状が届いたのですか。初めてのことです」

「だれと思われますか」

「さあて、だれでしょう。思い当たりません」

「友達甲斐のないことですね」

しばし考えた駿太郎が、

「ああー、弘福寺の智永（ちえい）さんだ。まさか智永さん、修行がつらいから帰ってくるという文ではありませんよね、母上」

と声音が思わず高くなった。

「文を披いてはいませんと申しましたよ。されど宛名書きの文字がしっかりとしております。どうやら再修行はうまくいっているのではございますまいか」

おりょうが宛名書きの書体からそう推測した。

風呂から出て座敷に落ち着いた二人におりょうがお鈴の父親百左衛門の書状、智永の文をそれぞれ渡した。

丹波篠山からの書状は分厚かった。一方、智永の文はうすっぺらだった。駿太郎は年上の友の文を披いた。

「駿ちゃん、いえ赤目駿太郎殿

此度は修行を途中で投げ出すことは出来ません。

父も歳をとりました。

再修行は三年から五年、歯を食いしばってやり遂げる覚悟です。

駿太郎殿、頼みがございます。時折、父を訪ねて様子を見てやって下さい。かようなことを頼めるのは赤目小籐次様一家しか思い当たりません。

お願いします。

酒はほどほどにせよと酔いどれ様から父に忠言して下され。

お願いします。

僧　智永」

とあった。

駿太郎は幾たびか読み返して智永の覚悟が理解できた。それにおりょうがいうように書体がしっかりとしていると思った。

「母上、どうぞ」

と智永の文を渡した。黙って受け取ったおりょうがゆっくりと文面を追っている最中に駿太郎が、

「智永さんは必ず再修行をやり遂げられます」

と言い切った。文から視線を離したおりょうも、

「母もそう確信致しました。一度の失敗を生かされております」

と応じた。

「母上、弘福寺の和尚様を時にうちに呼んで夕餉をいっしょにするのはどうでしょう」

と駿太郎が提案した。

「それもようございますね」

おりょうがなにか考えがある様子で返事をした。

小籐次のほうはようやく長文の書状を読み上げた様子でおりょうに黙って返した。

「こちらは父親が娘を案じる書状にございましたね。なにやら不意に嫁にやった父御のお気持ちでしょうか、百左衛門様の、言葉とは裏腹に己の心に言い聞かせようと努めておられる姿が目に見えるようです。私、今一度読み返したく存じます」

「まあ、そんなところかのう」

小籐次が応じるところにお梅がぬるめの燗をした酒を運んできた。

二つの猪口（ちょこ）を見て、小籐次が書状を読み返すおりょうの猪口に酒を注ぎ、自らの猪口も満たした。駿太郎が智永の文を父に渡した。

短い文面だ、一目で一読できた。そして、小籐次にも短い文面から智永の覚悟と願いがしかと窺えた。

「おりょう、先に頂戴してよいか」

「そうしてくださいまし」

と答えたおりょうは百左衛門の書状をさらに読み続けた。

小籐次は自ら酌をした酒をゆっくりと口に含み、

「こうして親子三人にお梅がいてくれて飲む酒がなにより美味い」

と漏らし、

「駿太郎、そうじゃな、近々瑞願(ずいがん)和尚を招こうか」

と最前の駿太郎の提案を聞いていたらしく手にある文にもう一度目を落とした。

「そなたに宛てた名前の書体がしっかりとしておるな。おりょうではないがこれだけで成長ぶりは察しがつく」

と言いつつも、

「ふっふっふふ、わしら親子が仕事から戻ってきて読むと考えたか、老眼のわしが薄暗がりで読んでもよいように大きな字で認めてくれたわ。再修行を達成してくれるとよいがのう」

と小籐次がいささか不安の残った口調で漏らし、智永の文を再読し、最後は笑みの顔を上げた。

「親父どのを想う気持ちが短い文面にあふれておるわ。これまでの智永になかったことじゃな。それだけでも再修行に参った成果が出ておるな」

と、猪口を取り上げた小籐次は、

「なに、駿太郎が注いでくれたか」

と満たされた酒をうれしげに口にした。

「駿太郎に宛てられた初めての文からは子の父親に対する情が、篠山の父親の書状からはどことなく寂しさが伝わってきますね」

おりょうが言い、

「江戸に娘のお鈴を取られた父親の気分とはどのようなものか、わしは倅しかおらんで、気持ちを察するしかない。やはり寂しかろうな」

と小籐次がしみじみとした感想を漏らした。

「そうでしょうか、うちなんて早くどこなと奉公に行け、嫁の口があるならばすぐにも受けろと口を酸っぱくして言われてきましたよ」

とお梅が話に加わった。

「お梅さん、それは父御の正直な気持ちとは裏返しの言葉ですよ」

「そうでしょうか。偶に家に顔をのぞかせても面倒そうな顔をしていますよ」

「お梅さんが近くにいるのが分かっているからですよ、きっと」

と駿太郎も言った。

「うちには確かに倅しかおりません。されど倅が注いでくれた酒（さき）は格別でございましょう。どうですね、おまえ様」

お鈴の父親の書状を幾たびも読み返したおりょうが小籐次に尋ねた。

「おお、倅の酌の酒はおりょうより」

「やはりわたしのお酌より美味（おい）しゅうございますか」

「いや、どちらも至福よ」

と小籐次が誤魔化した。

「おや、私の酒（さき）はどなたのお酌にございましょうか」

「わしがかってに注いだものよ」

「それはそれは、至福の極みにございます」

小籐次の返答に満足げに頷いたおりょうが、頂戴します、と猪口を取り上げた。

一家三人とお梅の夕餉がなんとなくいつもより長くなりそうだった。

翌朝、駿太郎は七つ（午前四時）過ぎに起きて孫六兼元を腰に抜き打ちの稽古を始めた。一刻（二時間）ばかり抜き打ちを繰り返した駿太郎は思いついて弘福寺を訪ねた。

瑞願和尚が朝の勤行を終えたか、須弥壇（しゅみだん）の前に徒然（つれづれ）に座していた。その背中が駿太郎には小さく見えた。

「和尚さん」

と声をかけると、はっ、とした体の瑞願が駿太郎を振り返った。

「おお、駿太郎さんか。稽古かな、朝の務めは適当に終えたで本堂を好きに使いなされ」

「和尚さん、稽古は庭で済ませてきました。昨日、智永さんから文を頂戴いたしました」

「なに、赤目様に智永が文をくれたか、わしには文などこんがな」

と寂しそうな顔をした。

「和尚さん、父上宛てではなく私に宛てた文でした。生まれて初めて駿太郎は文を頂戴したのです」

「なに、駿太郎さんにな。まさか」

「いえ、こちらに戻ってくるという話ではございません。懐に文を持参しておりますが、お読みになりますか」

「智永が駿太郎さんに文とな、無心ではなかろう。なんと認めてあったな」

「再修行は必ずやり遂げるとの覚悟がしっかりとした字で書いてございました」

「ほう、その心がけが続くとよいがな。で、駿太郎さんにそのことを伝えたかったただけかな」

「いえ、和尚さんの身を案じて、わが父に酒はほどほどにせよと時に注意してくれと願われておりました」

「なに」

と応じた瑞願が黙り込んだ。そして、

「わしの身よりわが身の修行に専念するのが先であろうに」

と小声で呟いた。

「和尚さん、近々うちに夕餉にきませんか。父と相談しておきます」

「倅から文をもらい、駿太郎さんはさようなことを考えたか」

「いえ、父上もときに話し相手があったほうがお酒はおいしいかと思っただけです」

「あり難いことよ、お招きを待っておる」

瑞願の顔が最前より和んでいた。それは望外川荘の夕餉に誘われることより智永がそんな文を年下の剣術仲間に宛てて出したことがうれしかったのではないかと、駿太郎は勝手に思った。

望外川荘に戻ると、父親が開け放たれた縁側に座り、昨日客から預かったという懐剣を手にして、何事か物思いにふけっていた。

「父上、本日蛤町裏河岸に参られますよね」

と確かめた。あまりにも熱心に懐剣を見ていたからだ。

「研ぎはわしの本職じゃでな、参る」

「そろそろ朝餉ではございませぬか」

駿太郎がいうところにお梅が呼びにきた。

駿太郎は庭から望外川荘の建物を回り、勝手口に行くとクロスケとシロのエサを作った。望外川荘では、二匹の飼い犬のエサやりは駿太郎の務めだ。

夕べ残った冷めしにこちらも残りの焼き鯖の身をほぐして混ぜ、お梅が拵えた味噌汁を冷ましてかけたものだ。二匹とも望外川荘を走り回っているゆえ、朝と夕べのエサはたっぷりと食べた。

駿太郎は朝餉を摂りながら、弘福寺を訪ねたときの瑞願和尚の様子や話したことを告げた。

「そうか、和尚の背がな、小さく感じたか。倅がいるといないでは男親というもの、さように違ってみえるものか」

「父上、私の勘違いかもしれません」

「いえ、やはりふとしたときに智永さんのことを想い、寂しくなるのではございませんか。今晩にも夕餉にお誘いしましょうか」

とおりょうが言った。

「そうじゃな、本日は深川ゆえ望外川荘に戻ってこようと思えば、六つ（午後六時）前に帰ってこられよう」

「うちでは一人くらい増えようとどうにでもなります。和尚の好きな魚があればよろしいのですが」

「魚源に立ち寄って、永次親方と相談してな、なんぞ魚を購ってこよう」

と小籐次がおりょうに約定した。

駿太郎は、小籐次を深川蛤町裏河岸まで送り、父親と研ぎ場を船着き場の一角に設けた。すでに野菜舟の角吉（かどきち）は商いをしていた。

「駿太郎さんはこれからアサリ河岸か」

「はい、昼前まで稽古をしてこちらに戻ってきます」

と角吉に答えた駿太郎は、早々に大川河口に出ると波と流れに押されながらも対岸の新川に小舟を乗り入れて堀伝いにアサリ河岸の船着き場に着けた。

駿太郎にとって慣れた水路だ。

桃井道場に飛び込むとすでに竹刀で打ちあう音が響いていた。

控え部屋で稽古着に着換えた駿太郎は道場の入り口で一礼すると、

「駿太郎さん、遅いな」

と岩代祥次郎(しょうじろう)が迎えた。兄の壮吾に稽古をつけられたようで、うんざりとした顔をしていた。

「父上を深川まで送ってきたので、だいぶ遅くなりました」

「駿太郎さんは仕事しながら剣術の稽古だもんな、遅刻しても致し方ないか。おれはさ、その間、力加減をしない兄貴から叩かれっぱなしで、稽古はもういいや、うんざりだ」

と祥次郎が嘆いた。二人のところに噂の壮吾が加わった。

「祥次郎、おまえ、そんなことを考えておったか」

「そんなことってなんだよ」

「駿太郎さんが何刻に起きて望外川荘で独り稽古をしたか聞いてみよ」

「えっ、深川に親父様を送っていく前に独り稽古をしたのか」

祥次郎が駿太郎に尋ねた。

「ええ、少しだけ真剣で抜き打ち稽古をしました」

「ほれ、みろ。何度起こしても床から離れようとしないおまえなんかと心がけが違うのだ。駿太郎さん、今朝は何刻に起きたな」

と壮吾が問うた。

「今朝は七つ半（午前五時）でしょうか」

「真剣での抜き打ち稽古はどれほどなしたな」

「一刻でしょうか」

「祥次郎、聞いたか。駿太郎さんがおまえと変わらぬ歳で強いのはふだんから努力をしておるからだ。おまえは、道場に入って四半刻（三十分）と真剣に稽古をなしたか」

「兄上から叩かれっぱなしの稽古は二刻（四時間）ほど続いたぞ。加減もせずに叩くから耳が未だがんがん鳴っておるぞ」

「二刻じゃと、冗談を抜かすな。ほんのひと息の稽古で、頭が痛い、腕が腫れたと文句ばかりが長いわ」

と兄の権限で叱った壮吾が、

「駿太郎さん、真剣で抜き打ちしたというたな。赤目小籐次様直伝の抜き打ちであろうな」

「物心ついた折には木刀を振り回しておりましたから、抜き打ちの形稽古も父の教えです。おそらく祖父が父に伝えた来島水軍流の形稽古かと思います」

「駿太郎さん、それがしに見せてくれぬか」

「道場で真剣を使って宜しいのでしょうか」

「それがしが先生にお断りしてくる」

壮吾が真剣での抜き打ちに関心を示した。見所の桃井春蔵の許しが得られた壮吾と駿太郎は、道場の端に行き、二人だけが稽古着の帯に刀を差した。

「来島水軍流は、船戦を想定しての剣術です。この抜き打ちも居合術のように地面に体をおいての技と違いましょう。壮吾さん、言葉で申すより実際の動きを見てください」

二人の周りに清水由之助、森尾繁次郎ら年少組の五人が集まり、見物することになった。

駿太郎は、腰の孫六兼元を落ち着けると、右足を前に肩幅より少し開き気味にして構えた。この構えは、船の揺れを想定したものだと父は幼い駿太郎に言った。

しばし瞑目した駿太郎の腰が沈み、はっ、と小さな気合とともに一気に兼元が抜かれた。光になって虚空へと延ばされた剣が止まり、一拍おいて米の字を書くと鞘に納められた。

刹那の抜き打ちであり、納刀であった。

濃密なときの流れに壮吾らは言葉を失っていた。

いくら天下の武人赤目小籐次の倅とはいえ、十三歳の技量ではない。祥次郎ら年少組の五人は、
ぽかん
と口を開いて、駿太郎の抜き打ちに続いて披露された剣術の基、逆ハの字切り、横手切り、垂直振り下ろし、ハの字切りの技を見た。

道場にいた門弟衆の全員が駿太郎の抜き打ちと剣術の基の組み合わせの確固たる技に言葉を失い見入っていた。

祥次郎がなにか言いかけたとき、駿太郎が動いた。再び抜き打ちから剣術の基が一画一画前の技をなぞって繰り返された。

どれほど続いたか。

駿太郎が静かに納刀して、

「抜き打ちと剣術の基の組み合わせは来島水軍流にはなく、父が後々独り稽古のために創意工夫したものと聞いております。壮吾さん、動きはお分かりですか」

「ああ、そなた、真に祥次郎と同じく十三歳か」

と壮吾が答えていた。

「父は技を覚える折は性急になってはならん、動きの一つひとつを丁寧に体に覚えさせよ、さすれば、技が幾たび繰り返されようと崩れることはないと注意を与えてくれました」

「駿太郎さん、抜き打ちからまず動きを教えてくれぬか。そなたの真似を致すでな、ゆっくり願おう」

「はい」

と返事をした駿太郎に向き合った壮吾が抜き打ちの構えをすると年少組の五人も木刀や竹刀を腰に差し、抜き打ちの稽古を見倣った。

見所では道場主の桃井春蔵に師範の一人が、

「先生、鏡心明智流、流儀を来島水軍流と変えることになりますぞ。恐ろしや、赤目親子」

と険しい顔で漏らすと、

「それはよい考えかもしれんて」

と春蔵はなぜか笑みの顔で応じたものだ。

第二章　木彫りの鼠

一

小籐次は野菜舟の角吉の傍らの板橋に研ぎ場を設けて、竹藪蕎麦の美造親方から頼まれたそば包丁の手入れをしていた。慣れた作業のままに手は動かしていたが、無心とはほど遠く、子次郎と名乗った男から預かった懐剣のことを気にかけていた。むろん子次郎が相州五郎正宗と言った懐剣が事実、正宗かどうか目釘を抜いて調べれば、ある程度の推量はつこうと思った。だが、小籐次は、懐剣が正宗かどうかよりその雰囲気に惹かれていて、

「どう手入れすれば懐剣が甦るか」

考えが浮かばないことに煩わされていた。

刀は己の愛刀次直を含めていくつも手入れした。だが、その折、こんな気持ちにさせられたことはなかった。

「おい、酔いどれ様よ、なにを考えているんだよ。いつもと研ぎが違わないか」

美造親方が進み具合を見にきて小籐次に話しかけた。さすがに長年の付き合いだ、小籐次が研ぎに無心に向き合っていないことを察していた。だが、小籐次は、

「うむ、今なんと言われたな」

と言葉まで聞き取れていなかった。

「耳まで遠くなったか。こりゃ、赤目小籐次もそう長くはないな」

「まあ、歳が歳ゆえ、そろそろ年貢の納めどきを迎えておるのはたしかじゃな」

「えらく素直だな」

と応じた美造が小籐次の前にしゃがみ込み、

「若い嫁をもらって無理をしているんじゃないか」

と小声で質した。

「親方、おりょうを嫁にしたのは昨日今日の話ではないわ。さようなことに煩わされるものか」

「ならばなにを考えているんだよ」

「それだ。なんとのう気持ちが散じてな、困っておる」

小籐次は懐剣やその手入れを頼んだ子次郎のことを伏せた。

「気持ちが散じる、な、それが老いというものだろうが」

「老いか、かもしれんな」

「今日はえらく素直じゃな。おりょう様のことではないとすると、駿太郎さんの行く末か。アサリ河岸の桃井道場に入門させてよ、しまった、あの道場では駿太郎さんの修行にならぬと悔いておるか」

「親方、さようなことはない。駿太郎は同年配の朋輩ができて、楽し気に道場に通っておるわ。おお、そうじゃ、思い出した。親方の道具の手入れが終わったら、魚源の永次親方を訪ねて、なんぞ夕べの菜を購ってまいらねば」

「なに、天下無双の赤目小籐次におりょう様は買い物してこいと頼んだか」

と美造が呆れた表情で問い返した。

「そうではない。弘福寺の和尚の一人息子が館山の本寺に再修行に参ってな、和尚が気落ちしていると駿太郎がいうで、今晩にも夕餉に招こうと思うてのことよ」

「酔いどれ様よ、そりゃ、弘福寺の和尚の気鬱(きうつ)がおまえさんに移ったんだな。年寄りになるとそういう気分はいつの間にか移るというぞ。天下の赤目小籐次も気鬱にかかっては、もはや隠居を考えたほうがいいな。跡継ぎは駿太郎さんがいるんだ、心配はいるまい、そうしねえそうしねえ」

美造が決めつけるように言った。

「竹藪蕎麦の親方さ、駿太郎さんはまだ十三だよ。いくら体が大きくてしっかり者だからって、酔いどれ様の跡継ぎは無理だよ、無理。十年は早かないか」

と野菜を買いにきた女衆の一人がいった。

「おかつさん、十年だと、酔いどれ様がくたばっちまうよ。須崎村の望外川荘の敷地の一角をさ、畑に変えてさ、季節の野菜を育てたり、おりょう様の和歌の集いに加わったりしてよ、のんびりと余生を過ごすんだな」

と美造が反論した。

「退屈しないかね、そんな暮らしはさ」

おかつとは別の女衆が言った。そこへ弟の商いを手つだいにきたうづが、

「赤目小籐次様を隠居させるだなんて、川向こうのお偉方が許しませんよ。なにより江戸の衆が赤目様の働きに励まされているんですからね、酔いどれ様の隠居はだれ一人として許しませんよ」

「やっぱり酔いどれ様は隠居なんて似合わないかね」

と女衆から声が上がった。

「おりゃ、いつ隠居してもいいがね、倅がいま一つどころかだいぶ頼りないからね、隠居は無理だね」

「深川の蕎麦屋の亭主が隠居だなんて、恐れおおいよ。親方、赤目の旦那相手に無駄話していていいのかい。頼りない倅に蕎麦を任せたらさ、客に逃げられるよ」

「ともかく深川本所界隈の貧乏人は死ぬまで働くのさ。だれもがあの世から迎えがくる。三途（さんず）の川を渡ればいやでもすることはないからね」

「おや、おかつさん、あちらに行けばなにもすることないかね」

「ないと思うよ」

「ならばあの世とやらにいくのも悪くないね」

と女衆の話が散らかってしまった。

いつものようにわいわいがやがやと野菜を買いにきた女衆が話す間、うづが竹籠に夏野菜のあれこれを入れて、この界隈のお店や長屋に触れ売りに行く仕度をしていた。

「うづさんや、本日、万太郎は連れてこなかったか」

「お義父つぁんとおっ義母さんが面倒を見ています」

「そうか、万太郎は舅と姑の相手をしておるか。小さな子の肌の温もりはなんともいえん、万太郎をおぶえばわしの悩みなど吹っ飛ぶがな」

　と小籐次が答えると女衆が、

「酔いどれ様は万太郎ちゃんのような孫がほしいのかね。おりょう様はまだ間に合うけどさ、亭主が酔いどれ小籐次様ではね、授かるまいね」

「おりょう様が生んだとしたら二人の子だよ、孫じゃないよ」

「おお、そうだ。孫となると、駿太郎さんが嫁を貰って子が授かるまでには、こちらもだいぶ歳月がかかるね」

「ああ、十年はかかるよ」

「となると酔いどれ様があちらに行くのが先にならないかえ」

「なるなる。おりょう様と駿太郎さんをこの世に残していくのはさぞ心残りだろうね」

　と女衆のおしゃべりは無限に続き、また小籐次の身辺に戻ってきた。

「うづさん、魚源の親方に会うようならば昼下がりに訪ねるで、今宵の酒の肴をとっておいてくれぬかと伝えてくれぬか」

「分かったわ」

竹籠を負ったうづが触れ商いに出ていった。それをきっかけに女衆も引き揚げ、美造親方と角吉、それに小籐次の三人の男だけが残った。

「蛤町界隈の女衆は、天下の赤目小籐次を何だと思ってんのかね、好き放題言っていったぞ、酔いどれ様よ」

と美造が笑った。

「そりゃ、親方がおかみさん連に火をつけたからじゃないか。まあ、あれでもおかみさん連は赤目様を元気づけようとしてんだよな」

と女客の際限のないおしゃべりには慣れた角吉が言った。

「分かっておる」

と小籐次は応じながら、角吉も姉のうづの野菜売りの跡継ぎに立派に育ったなと思っていた。

「手入れが終わった包丁はもらっていこうか。昼めしはうちの蕎麦を食いにこないか」

「駿太郎の稽古が終わればこちらにこよう。その折、邪魔をさせてもらうかもしれぬ」

と小籐次が応じた。

小籐次は女衆がおいていった包丁の手入れを始め、美造親方も店に戻っていった。

「急に静かになったな。おかみさん連があまり賑やかなのも困りもんだがよ、赤目様と二人だけなのも寂しいな」

「商いはかようなものであろう。角吉もどうやら一人前の商い人になったな」

「姉ちゃんばかりに頼っているわけにもいかないもんな」

「角吉たちが大人になった分、こちらは歳をとっていくことは確かだが世の中、そう楽はさせてくれぬ」

「だけどよ、おりゃ、赤目小籐次様に老いてほしくないな、まあ、あのおかみさん連もさ、赤目様にばかっ話を聞いてもらうのがうれしいんだよ、きっと」

「わしがこちらで研ぎをなすことがなんぞ役に立っておるならば、仕事を止(や)めるわけにはいかんな」

「まあ、そういうことだ」

小籐次と角吉は、ぼそりぼそりと話しながら研ぎ仕事をし、客の相手をしながら時を過ごした。

昼前にうづが戻ってきて空になった竹籠を下ろし、

「はい、赤目様、お土産よ」

と古布に包んだ道具を出した。

「永次親方からよ」

「なに、うちの注文まで受けてきたか。すまんことであったな、うづさんや」

「そんなことどうでもいいけど、親方が鰹のいいのが入ったからとっておくって」

「おお、あり難い」

と礼を述べるとうづは弟に売り上げの代金を渡した。

「姉ちゃんは触れ売りがうまいな」

「角吉とは年季が違うの。同じ長屋の住人でもだれに声をかければ長屋じゅうの住人が出てくるか、分かっているからね」

といったうづが、

「そうだ、妙な話を聞いたわよ。どこの長屋かはいえないけど、お金に困っている年寄り夫婦の部屋に一朱が投げ込まれたんですって。みんな、言わないけどそれなりの数の長屋にお金が投げ込まれているわね。こういうの、奇特な人といっていいの、赤目様」

「なに、この界隈にも出現しておるか」

「あら、承知だったの」

「読売屋に聞いたのだが、酔っ払いかなにかが思い付きで投げ込んだのではないかと思っておったのだがな」

　と小籐次はうっかり発言を糊塗(こと)するために咄嗟(とっさ)に口にした。

「酔っ払いの気まぐれじゃないと思う。なんとなくだけど生計(たつき)が苦しいところを選んで投げ込んでいる様子なの」

「となるとうづさんの申す奇特なご仁かのう」

「奇特大明神はわたしの眼の前のお方だけど、こちらは金子の多寡が一朱なんてものじゃないものね、六百両だ、二百両だって大金を町奉行所に寄進して御救小屋の費(つい)えにしていなさったもの」

「うづさんや、あの件は汗水たらして稼いだ銭ではない。なんだか知らぬが研屋のじじいを崇め、まるで賽銭のように集まった金子じゃ、かような金子は迷惑至極じゃ。さりながら、暮らしに困っておる人を選んで一朱とか小粒を投げ込んでいかれるお方こそ、わしの行いよりずっと奇特というべきであろうな」

と応じながらも首をひねった。

「赤目様、一分金を投げ込まれたところもあるのかい」

角吉がうづと小籐次の問答に加わってきた。小粒、一分金は銭にしておよそ千文だ。腕のいい職人の日当一日半分だ。

「それはわからぬ。読売屋は言うていたが、『うちに夜のうちに一分が投げ込まれておりました』などと奉行所のお役人に届けでる者はあるまいとな」

「ないない。黙って米代、油代に回すな」

と角吉が言い切った。そして、

「赤目様よ、なぜ貧乏長屋ばっかりが本所深川に増えるんだい」

「そのことか。関八州で繰り返される不作凶作でな、田畑を捨てて江戸に逃散(ちょうさん)して移り住む人が年々増えておると聞いた。江戸に出れば白いめしだけは食うことが出来るでな」

「在所のほうが田圃(たんぼ)は多くないか。ならば在所こそ白い飯(マンマ)が食べられるんじゃないか」

「角吉、関八州といえども公儀の直轄領つまりは上様の土地や、大名家の領地ゆえ、一年かけて収穫した米のおよそ半分ほどを年貢としておさめねばなるまい。その年貢米の大半が江戸に集まってくる。ゆえに江戸では米屋から米を買うことができる。ところが在所では最前申した不作凶作が続くと、年貢を納めるだけで手いっぱいでな、百姓衆は日銭が稼げる江戸に逃散してくるのだ。さような在所の衆がすぐに屋根のしたに住めるとしたら、本所深川の裏長屋しかあるまい」

「若い在所者ならば、いくらも日銭稼ぎの仕事があるもんな」

「だが、在所から江戸に逃げ込んでくる人が働きざかりとは限らぬでな。わしのように年寄りになると、容易く仕事は見つけられまい」

「だよな、そんな裏長屋暮らしの人に一分金となると、大金だな。赤目様と姉ちゃんはなんていった、きとこか、えれえ人じゃねえか」

「角吉、きとこじゃないわよ、奇特な人よ。でも、姉ちゃんはなんとなく素直に受け取れないのよ」

「なぜだい、あとで小粒や一朱に利をつけて返せといわれるのか」

「そんなことじゃないと思うけど、平井村のうちにもしよ、一分金が放り込まれたとしたら、角吉、おまえはどうする」

「うちな、野菜を作る畑はわずかだし、姉ちゃんが苦労して深川でなじみの客をつくってくれたからよ、いまじゃ、なんとか一家が食っていけるけどよ、野菜売って一分を稼ぐのは大変なことだぜ。おりゃ、黙って懐にいれるな」

と応じた角吉の膝をぴしゃりとうづが叩き、

「そんなことしたら、姉ちゃんが承知しないよ」

と怖い顔で睨んだ。

「姉ちゃんが、どうすると尋ねるからよ、正直な気持ちを答えただけじゃないか。だれが平井村のうちに一分を投げ込みにくるよ」

と弟が姉の反応に抗った。

「そこよ」

「なんだ、そこって」

「出所が分からないお金って嫌じゃない。身内が汗水たらして野菜を育て、角吉が舟に載せて深川まで運んで一把何文かで売ったお金ならば、正々堂々と使うことができるじゃない」

「姉ちゃんの話は分からないわけじゃないさ。だが、どんな手で得ても一朱は一朱、一分金は一分金と思うがな」

と角吉がうづに言った。そこへ小舟の櫓の音がして駿太郎が姿を見せた。

「父上、遅くなりました。うづさん、角吉さん、こんにちは」

「駿太郎さんが来て助かった。いま姉ちゃんからえらく怒られていたとこなんだ」

「角吉さん、なにか叱られることをしたんですか」

「それなんだよ。なぜおれが叱られるか分からないのさ」

と角吉がいい、駿太郎に叱られた理由の説明を始めた。

その間に小籐次は板橋の研ぎ場を小舟に移して、魚源の永次親方の刺身包丁の手入れを始めた。

「駿太郎さんならどうするよ」

と話を終えた角吉が尋ねた。

「道場でもその話が出ておりました」

「アサリ河岸の桃井道場って町奉行所の与力とか同心が門弟に多いところなんだよな。いくら与力・同心たって、困った人に銭を恵むのを止めることはできまい」

「私は年少組です。同じ年頃の五人は、大体が次男坊か三男坊なんです」

「部屋住みっていうんだろ。兄貴だけが親父の跡を継いでさ、部屋住みは婿入りできるところを待っているのだよな」

「まあ、そうです。だから、私の仲間はそのお金を配り歩く人は偉いっていうんです。同心の屋敷には小粒なんかより一両くらいそっと投げ込んでくれないかな、という仲間もいました。むろん、大人の門弟の前での話ではありません」

「ほれ、みろよ。姉ちゃん、町奉行所の役人の倅だってそう考えるんだぞ」

角吉が都合よく駿太郎の話を受け止め、うづに言った。そのうづが、

「駿太郎さんはどう考えるの」

と駿太郎を見た。

「困った人にとって一朱や一分金は喉から手が出るほどほしいお金とは思います。けどなんとなく、気持ちがすっきりしないんです」

「聞いた、角吉。駿太郎さんの言われることがまっとうな考えなの」

とうづが言った。だが、小籐次はこの会話に関わらず、ひたすら魚源の道具の研ぎをなしていた。

この日、七つ（午後四時）時分に蛤町裏河岸で仕事を終えた小籐次と駿太郎は、深川一色町の魚源に立ち寄り、刺身包丁など三本の道具を納めた。

「もう研ぎ終えなさったか」

と受け取りながら、

「鰹だがよ、活きがいいんで造りにしてある」

と鰹を見せた。

「おお、これは美味そうな。いくらかな」

「どうだい、本日はうちの包丁の研ぎ代でチャラということで。鉢はいつでもいいぜ、返してくれるのは」

と言ってくれた。

駿太郎が鉢入りの鰹を両手で抱えて、

「なんだか、ただで頂戴したよう」

「いま流行(はや)りの投げ込み一朱金じゃねえ。天下の赤目様が研いだ包丁のお代だ、うちが得した気分だな」

とまた投げ込みの騒ぎの話が蒸し返されそうになり、

「鉢は明日にお返しする」

と小籐次は別れの挨拶をした。

二

この日、望外川荘に弘福寺の住職向田瑞願を呼んで、夕餉をともにした。

赤目一家が夏場に食事をする座敷に瑞願の席を設けて、お梅を加えた五人の主菜は、永次親方から包丁の研ぎ料として頂戴した鰹の造りであった。主夫婦と瑞願は酒を飲むことにした。ただしまだ酒に関心のない駿太郎とお梅は、鰹の造りと筍の煮つけや粕汁で先にご飯を食するのはいつものことだ。

「酔いどれの旦那、おりょう様、独り暮らしの愚僧を気にかけて頂き、真にあり難い。わしもお返しをしたいが、なにしろわしの本業が本業ゆえな、酔いどれ様もいささか迷惑であろう」

「なに、わしの弔いの費えを本日の夕餉の返礼にしたいと申されるか」

「まあ、そうなるかのう。もっともそなた、酔いどれ小籐次が愚僧より先に彼岸に旅立つ証はなにもない。わしのほうが先に身罷るかもしれん。その折は、あちらでな、お返ししよう」

「和尚さん、それは困ります。未だ駿太郎も元服をしておりません。ちゃんと成人したのを見届けてのち、わが君をあちらに招いていただきたいものでございます」

瑞願の言葉に猪口一杯の酒でほんのりと頰を染めたおりょうが言い返した。

「まあ、和尚、礼など考えずともよいわ。たまには独り酒より相手があったほうがよかろう、と思いついただけじゃ。酒はもらいものがなんとのうある。もはや和尚も無茶飲みはしまい。なにしろ再修行の倅があのように殊勝な文を駿太郎に宛てて書いてきたのだ。智永がそなたの跡継ぎになるまでは元気でいてくれねば、親の務めは果たせまい。よいな、酒はそこそこじゃぞ」

「さような小言を酔いどれ様に言われとうはないな。そなた、大酒は飲んでおらぬというか。なんでもこの辺りの噂によれば、お城の花見の宴に呼ばれて一升どころか一斗ほど飲み干したというではないか、まことに花見の宴に招かれたのか。そなたが時折力を貸す町奉行所の小役人どもが神田川の土手の桜の下にそなたを招いて貧乏徳利の酒を馳走したという話ではないのか」

瑞願は噂話を信じてよいのかどうか、半信半疑の口調だった。

駿太郎がもりもりと大ぶりの茶碗でめしを食しながら瑞願の顔を見ていた。反対にお梅は笑いをこらえていた。

それにしてもどこから漏れたか、千代田城の大奥の花見に招かれ、吹上で上臈(じょうろう)の末乃(すえの)と酒の飲み比べをした一件が噂となって流れているらしい。

「和尚、わしをいくつと思うておる。五十路も半ばを過ぎた年寄りが一斗も飲み干すなどばかげた所業ができようか。わしはこの座敷でおりょうと一合五勺ほど晩酌するのがいちばんよいわ」

と小籐次はごまかした。

「天下の酔いどれ小籐次が恋女房と一合五勺を分け合うて飲んでおるか。うるわしい光景じゃな、それとも酔いどれ小籐次衰えたりというべきか。歳をとるのはさびしいものよのう」

「和尚はどうじゃ」

「わしは一、二合の酒ならば飲まんほうがよい。一升あればなんとのう、だらだらと一日で酒がどこぞに消えておるな」

「和尚、そのだらだらがよくないぞ。身内の者といっしょにその日の話をしながら酒を楽しむならば一合の酒で十分じゃがな、和尚は相手がおらんか」

「寺に棲む鼠くらいじゃな」

「鼠か、それはいかん」

小籐次はなぜか子次郎のことを思い出し、

（懐剣の手入れの思案がつかぬな）

と当面の悩みが頭に過ぎった。

「おお、酔いどれさんや、妙な話がある」

酒の話題を避けてか和尚が話柄を転じた。

「これも檀家から聞いた話じゃが、江戸でな、貧乏長屋に小判を投げ込んでいく奇特なご仁がいるというぞ、酔いどれ様は聞いたことはないか」

うむ、と応じる小籐次に瑞願がさらに、

「その者がうちの寺の賽銭箱に一、二両入れてくれると助かるがのう。まあ、話だけであろうがな」

と言い添えた。

「ほう、須崎村までさような話が伝わっておるか」

「なに、この噂、真の話か」

「どうやらほんとうの話らしい。ただし、一両などという話ではないぞ。大半が一朱、ときに一分金が貧乏長屋に投げ込まれると聞いた」

「おお、なんともうるわしい話ではないか」

「と、和尚のようにこの行いを認める者となら、なんとなく胡散くさくないかと思う人間とが二派に分かれて話題になっておるのはたしかじゃ。されど一、二度あった話が人から人へと伝わるたびにふくらんでしまったというのが実情ではないか」

「なんだ、そのような話か。出来ることなれば、この次酔いどれ様が何百両も集めた折に、ぽーんとわが寺に寄進してくれるといいがのう」

「また厄介な話を持ち出しおったな」

「近ごろは賽銭が集まらんか」

「このご時世じゃぞ、そうそうさようなことがあるものか。和尚、銭はその日に飲み食いする程度、稼いでな、楽しむのがよいぞ。他人の懐をあてにしてはろくなことはないでな」

「愚僧は酔いどれ様と違い、近ごろ大酒を飲む集いに呼ばれたことがないでな。そのような心境に達せんな。なにしろ檀家め、『内々で済ませました』と抜かしおってな、法事も減った。寺と檀家の付き合いは代々の仏縁で結ばれておるのじゃぞ」

瑞願がぼやき、お梅がとうとう吹きだした。

「おかしいか、梅」

「だって法事に行くと和尚さんたら読経は短く、すぐに膳の催促をする上に酒を飲みだしたら無暗に長いって評判よ。どこも弘福寺の和尚さんを呼ばずに、内々の法事になったのは和尚さんの自業自得なの」

とこの界隈の生まれのお梅が真相をばらした。

「うーむ、わしの評判はよくないようじゃな」

「よくないどころじゃないわ、和尚さんはお酒を飲まなければいい人なんだけどね。智永さんが次のお坊さんになるまで、弘福寺に賽銭は集まらないわね」

「これは困った。となると、愚僧の頼りは赤目小籐次とおりょう様だけじゃな」

「和尚さん、望外川荘でもほどほどよ。うちの旦那様と駿太郎さんは朝が早いんですからね」

とお梅に釘を刺されたせいか、瑞願は小籐次とおりょうの三人で四合ほどを鰹の造りで飲み、野菜の煮つけでめしを食って、駿太郎に送られて寺まで帰っていった。もはや瑞願も口でいうほどには大酒を飲むことはないようだ。

「おりょう、独り暮らしは寂しいのであろうかのう」

茶を喫しながら小籐次がおりょうに尋ねた。

「で、ございましょうね。ときにうちの夕餉に招くのがよかろうと思います」

という二人の問答を聞いていたお梅が、

「わたし、言い過ぎたかしら」

と悔やんだ。そこへ駿太郎が戻ってきて、

「和尚さん、ご機嫌でしたよ。うちでいっしょに夕餉を食したのが嬉しかったようです。それにお梅さんの言葉も『肝に銘じた』と何べんも言っておられました」

と披露した。

「やっぱりわたし、言い過ぎたんだ」

「お梅さん、それは違います。和尚はなんでもぽんぽん言ってくれる身内がいる温もりがうらやましいのです」

「そうじゃ、弘福寺は和尚と智永と男ばかりじゃからな。その倅が親父どのを気にして文を駿太郎にくれた。和尚も老いたということか。わしはその点、身内に恵まれておるで幸せじゃ」

といつもの結論でその夜も更けていった。

翌日、新緑に初夏の陽射しが降りかかり、蛤町裏河岸の水がぬるむ刻限、小籐次はせっせと研ぎ仕事を続けた。昨日、研ぎ残した魚源の道具の手入れだ。

昼前、朝稽古を終えた駿太郎が小舟で戻ってきて父親の研ぎ場に合流し、小舟に二つ研ぎ場を設え直した。むろん板橋の船着き場をはさんで反対側には角吉の野菜舟があった。夏野菜には早いと思える茄子の紫色がなんとも鮮やかだった。

「アサリ河岸の道場に国三さんが参り、父上のお手すきの折に芝口橋にお出で下さいとの言付けでした」

「急用かのう」

「国三さんは大番頭さんの御用を承知していないそうです。でも、急ぎの御用ではないようだと言うておりました」

「ならば、明日までこちらで仕事をして、仕事のあとに久慈屋に顔出しを致そうかな」

と親子で話し合い、仕事を続けた。

昼餉は竹藪蕎麦で食した。

小籐次のもり蕎麦に一合の冷酒を美造親方がつけてくれた。駿太郎は具をたっぷりとのせた特製の蕎麦とおかみさんが特別ににぎってくれた握りめしを二つ食した。

親子が小舟に戻ってみると読売屋の空蔵が所在なげな顔で待っていた。

「どうしたな、また仕事でしくじったか」

「しくじるもなにも売れるネタがないんだよ。読売を出そうにもどうにもならねえ。なんぞ酔いどれの旦那の周りに話はないか」

「見てのとおり、つつましやかに仕事に精を出しているだけじゃ」

「つつましやかな、そりゃ、困った。赤目小籐次がせっせと研ぎ仕事をしているでは読売にならんぞ」

と空蔵がぼやいた。

「貧乏長屋の住人に銭を投げ込んでまわるご仁の話はどうなった」

「ああ、あの話か。投げ込まれた当人のだれもがなかなか話をしてくれんのだ。一朱を懐に入れたり、ツケの支払いにあてたりするのを口にするのが嫌なんだろうな」

「まあな、かような話はそっとしておくのが一番かのう」

過日の唆しの言葉を撤回した小籐次の言葉に頷いた空蔵が、

「魚河岸近くの金貸しの勇蔵の家に盗人が入ってよ、大金を盗んでいかれたらしいのだが、こちらも町奉行所に届けがないそうでな、おれが尋ねにいくと、『ほら蔵、縁起でもねえ、そんな話なんぞはねえ』と塩を撒かれて追い返された」

と情けない顔をした。

「ならば盗まれたのは真ではないのではないか」

「それがな、この空蔵はほんとうの話だと睨んでいるんだ。表沙汰になると闇商いの金貸しが奉行所に突かれるてんで、腹では煮えくり返っているがよ、噂話だと世間をごまかそうとしているのじゃないかね」

「闇の金貸しどのは評判が悪いのか」

「悪いなんてもんじゃねえ。棒手振りの魚屋なんぞを相手に仕入れの銭を二朱とか一分を朝に貸してよ、夕方商いが終わった折には、元利で倍返しのあくどい商いよ」

「なにっ、二朱借りて四朱を返さねばならんのか、棒手振りに残る銭はあるまい」

「まあ、売れ残った魚となにがしかの銭が残るが、長屋の店賃に消えるな。で、また次の朝、倍返しの勇蔵から元手を借りる繰り返しよ」

「棒手振りなんぞは地味な商いであろうが、いつまでも倍返しは無理じゃろう。雨も降れば病みもする。商売が行き詰まる、となるとどうなるな」

「それよ、金貸しの勇蔵は元手を貸す相手に若い女房がいるとか、年頃の娘がいるところを狙うんだよ。返すことができないで、どんどん勇蔵への借金が溜まるな。何両も借金がふくらんだところで、女房や娘を四宿や深川あたりの岡場所に叩き売って借金を精算させるのよ。鬼の勇蔵から元手を借りた者が何人も首をくくったって話はあるんだがよ、公になったものはねえ」

「利息が元手の倍なんてことは許されておるまい」

「だから闇商いなんだよ。勇蔵から元手を借りるのは関八州のあちこちから逃散して江戸に潜り込んできた在所者だ。江戸の事情をしらないまま、勇蔵の口車に乗せられるんだな。奉行所に駆け込んで訴えるなんて、在所から逃げてきた者にできるものか、逃散者てんで在所に追い返されるな。勇蔵は、そんなことを百も承知で金を貸し付けているんだよ」

「なんとも腹の立つ話だな。その勇蔵を出し抜いた盗人がいるなら、こっちはいくらか腹の虫がおさまるではないか。空蔵さん、そなたの得意の筆で話をおもしろおかしく書けば売れるのではないか」

「最前、言ったな。当人が盗まれたと口にしないんだよ。それに勇蔵のところには得体のしれない、お兄さんや剣術家くずれが屯していてよ、おれが読売に、この話、倍返しの勇蔵の一件と匂わせてみな、すぐに野郎どもがうちに押し掛けるぜ。命がけのネタじゃねえや」

と投げやりに応じた空蔵が、

「それとも酔いどれの旦那がおれについてきて、おれが話を聞きだす間、傍らに控えてくれるかえ」

「冗談も休み休み申せ。なぜわしがそなたの用心棒になって、悪名高い倍返しの勇蔵なんて金貸しのところにいかねばならぬ」

「だろ、となるとこの話も読売にならないんだ」

「勇蔵とやらはいったいいくら盗まれたのだ」

「うむ、勇蔵の子分どもが匂わせた話では包金（つつみきん）二つか三つというがね。話半分でも二十五両から三十七両と二分だな」

「ほう、その盗人というのは外から入ったのではのうて、金貸し一家の子分の一人ではないのか」

「そのことも考えた。だが、どうやらそうでもないらしいんだ。まるですかし屁のようにすっと入ってよ、金を持ってすっと消えたとしか思えねえんだと。つまりはこちらもお手上げ、読売のネタがないんだよ」

と空蔵のぼやきが繰り返された。

空蔵が姿を消して親子二人がせっせと仕事をしていると、こんどはうづが曲物(わげもの)師である舅と夫の道具を抱えて姿を見せた。

「おや、うづさんや、わしらの仕事の手伝いか」

「うちのお義父つぁんが近ごろちっとも酔いどれ様は姿を見せない、なんぞ魂胆があるんじゃないかとむくれていたわよ」

「なに、万作名人が怒っておったか。それはすまなかった。格別に魂胆などあろうはずもない。ただ、あれこれと雑事が重なってな、おなじみさんにどこも不義理をしておる」

と詫びた小籐次がうづの携えてきた道具の数を見て、

「こりゃ、簡単にはできんな。須崎村に持ち帰り、夜なべ仕事をして届けると万作さんに願ってくれぬか」

とうづに乞うた。

「父上、魚源の道具はほぼ手入れが終わります。本日、久慈屋に立ち寄って御用を聞き、早めに望外川荘に帰って仕事をしませんか」

と駿太郎が言い、

「そうじゃな、久慈屋の用事も気にかかるな」
と小籐次が予定を変えることに賛意を示した。

久慈屋の御用は思いがけないものだった。観右衛門の話では、高尾山薬王院有喜寺から紙の注文を大量に受けたという。

小籐次が大番頭の観右衛門に従い、薬王院に品物を納めたのは未だ駿太郎が小籐次の子になる以前の、かなり前のことだ。

大番頭の観右衛門の下にまだ手代だった浩介、つまりただ今の久慈屋八代目の昌右衛門や小僧だった国三などが大八車八台に大量の紙を積んで、その大八車の先頭に、
「高尾山薬王院御用　江戸出雲町久慈屋」
と麗々しく書かれた立札を立て、往路一泊の道中をした。その後見役として小籐次が従ったのだ。

「ほう、薬王院行きの話にございますか。こたびも頭分は大番頭どのですかな」
「そこです。私ももう歳にございますよ。こたびは八代目の昌右衛門様が久慈屋の主として初めて御用を務められますのでな、私は留守番でございます。そのよ

うなわけで旅慣れた赤目様に八代目の後見役を願えればと思うたのですがいかがですか」

「出立はいつですな」

「先方様ではなるべく早いほうがよいとの注文でございましてな。できれば三日内では赤目様のお体は空きませんかな」

「三日内ですか」

としばし間を置いた小籐次が、

「結構ですぞ」

「おお、助かった」

と観右衛門がほっと安堵の表情を見せ、同席していた昌右衛門も顔が和み、

「赤目様とまた旅ができると思うとわくわく致します」

「八代目に就かれてなかなか外に出ることは難しゅうございますでな」

と応じた小籐次は、前回の薬王院有喜寺の琵琶滝でなした研ぎの一件を思い出していた。ただ今駿太郎の腰にある孫六兼元に高尾山の琵琶滝で研ぎをかけたのだ。

「昌右衛門さん、大番頭さん、ちと願いごとがござる。こたびの高尾山薬王院行

に駿太郎を加えてもらうわけには参りませんかな」

「なんと駿太郎さんまで加わってくれますか。これは心強いですぞ、大番頭さん」

昌右衛門が喜んだ。

「こちらこそあり難い。駿太郎に高尾山薬王院を見せたいと思いましてな」

三人の話から少し離れた場所にいた駿太郎が、

「父上、駿太郎も旅ができるのですか」

「おお、ちと考えておることもある。久慈屋さんの同意も得られたゆえ父に同道せよ」

「有り難うございます。昌右衛門様、大番頭さん」

と礼を述べ、

「望外川荘は母上とお梅さんだけ留守番ですが大丈夫でしょうか」

と案じた。

「望外川荘な、クロスケもいればシロもおる。それにわれらが留守の間は森藩の創玄らに時折訪ねてもらおうか」

「赤目様、うちからも奉公人を一人ふたり泊まらせてもようございます」

と観右衛門が言って話が決まった。

久慈屋からの帰り舟をアサリ河岸の桃井道場につけた。すると年少組の森尾繁次郎らが稽古というより遊んでいた。道場主の桃井春蔵は見所で脇息に肘をついて年少組の遊びを見るとはなしに見ていた。

「ああ、駿太郎さんだ。こんな刻限、どうしたの」

祥次郎が歩み寄ってきた駿太郎に尋ねた。

「急な話なのですが、久慈屋さんの御用に従って高尾山薬王院まで旅をすることになったのです。しばらく稽古を休むことになりそうなので、お師匠様にお伝えしに来たのです」

「いいな、旅だって。おれたち、生涯旅なんていけないよな、高尾山ってどこにあるんだ」

と園村嘉一が言い、見所では桃井春蔵に小籐次がことの次第を説明して許しを乞うていた。

三

「それはまたご丁寧に。それにしても赤目小籐次様の身辺は多忙極まりなし、それがしのようになすこともなく無為に過ごす寸毫の暇もございませんな」

話を聞いた桃井春蔵が呆れたような表情で小籐次を見た。

「こたびの一件は日ごろから世話になる久慈屋の頼みでござる、断るわけにはいきませんでな。後学のために駿太郎を伴おうと考えました」

「旅は見聞を広めますでな、駿太郎どのにとってはよき機会と存ずる」

春蔵が答えるところに困惑の体の駿太郎と期待に顔を上気させた五人の年少組がぞろぞろと見所にやってきた。

「父上、いささか相談がございます」

小籐次が、なんだ、という顔を駿太郎らに向けた。すると、駿太郎が、

「高尾山行を森尾さん方に話したら、われらも同道できませんか、との申し出がございました」

駿太郎が前置きすると、年少組の頭分、森尾繁次郎が、

「赤目様、われら八丁堀の部屋住みの者や見習にもなれぬ年少組の者にございますれば、旅の機会など生涯あろうとは思えません。紙問屋久慈屋はたくさんの紙を薬王院に納めにいかれるとか。われら、駿太郎さんを見倣い、大八車の押手と

して精魂込めて働きますゆえ、同道させてはもらえませんか」

と願い、祥次郎が、

「赤目様、師匠、むろんわたしども半人前ゆえ、給金を頂戴しようなどとは考えてもおりません。江戸の外の土地を見たいのです。だって、わたしなど六郷川の向こうどころか、土手に立ったこともないのですよ」

と付け加え、祥次郎と同じ十三歳の嘉一までが、

「われらの先々に待っておるのは木津留吉(きづとめきち)のように突然お店に奉公にやられるか、職人の弟子にされるさだめだけです。その前に一度くらい在所の暮らしを見ておきたいのです」

とこちらも顔を赤くして真剣に力説した。

小籐次も桃井春蔵も無言で思案していた。

「駿太郎さんは昨年、東海道を上ってさらに先の丹波篠山まで旅をしましたよね。その経験がただ今の駿太郎さんを育てたのではないですか、お師匠」

と十四歳のひとり、清水由之助が言い、

「それがし、次男坊ゆえ部屋住みです。未だはっきりとした話ではございませんが、兄の悠太郎が叔父の家に養子に入る話が持ち上がっているのは確かです。で

すが、それとてはっきりしたことではありません。兄は叔父の家は、娘ばかりでそこへ婿に入るのは嫌だというております」

と清水家の内輪の事情まで明かし、

「部屋住みで終わるか、見習与力になるか分かりませんが、いまのうちに高尾山まで旅がしとうございます。赤目様、師匠、百聞は一見に如かずと申しませんか」

と話を締めくくるように言い添えた。

春蔵が小籐次の顔を正視した。

「ふーむ」

と小籐次が曖昧な返答をして、

「そなたらの気持ちよう分かった。されど、この一件、難題がいくつかある」

「難題と申されますと」

繁次郎が小籐次に質した。

「まずそなたらの親御様よりの許しがなければどうにもならぬ」

「赤目様、なんとしても親を説き伏せます」

と由之助が言い、

「なあ、みんな」

と仲間四人の賛意を求めた。すると四人がうんうんと大きく首肯した。

「次なる一件は」

「まだございますか」

と十三歳の吉水吉三郎が話に加わった。

「あるな。この話は、久慈屋さんの承諾が得られぬとどうにもならぬ」

「赤目様は紙問屋の久慈屋とは身内のような付き合いですよね」

と繁次郎が言い、

「赤目様からお願いいただければなんとかなりませぬか。だって、赤目小籐次様は、江戸一の、いえ、天下一の武人、お師匠も常々赤目小籐次ほどの武芸者はただ今の和国にはあるまいというておられます。そのお方が久慈屋に頭を下げる、いえ、願うのです。きっと久慈屋も承知されましょう」

と言い添えた。

「そなたら、桃井道場の年少組ながら、大人顔負けの言葉遣いをいたしおるな」

「赤目様、八丁堀の与力・同心は剣術より口八丁でなければならぬと、わが父上が常々いうておられます。先代の年少組の頭(かしら)木津留吉のごとく威張ってもなりません、ともかく口下手では町奉行所の役人は務まりませぬ」

由之助が同年の繁次郎に口を揃えた。

「うーむ、どうしたもので、桃井先生」

「こやつらめ、えらいことを考えよりましたな」

桃井春蔵もどう返答をしてよいか分からぬようだった。そこへふらりと祥次郎の兄の岩代壮吾が姿を見せた。

アサリ河岸の桃井道場は八丁堀の与力・同心の子弟の寄合場のような役目を果たしていた。

「そなたら、こたびは赤目様と師匠にどのような迷惑をおかけいたしておる」

「兄上、迷惑などかけておりません。お願いをしておったのです」

「なに、願いじゃと」

森尾繁次郎が厄介な相手が出てきたぞという顔で壮吾を見た。岩代壮吾はすでに見習与力で近々見習の二文字がとれると噂されていた。若手では優秀な存在で、南北両奉行所の数多（あまた）の与力・同心のなかでも五指に入る技量の持ち主だ。むろん桃井道場でもその実力は高く評価されていた。道場主の桃井春蔵は、

（壮吾は技量抜群じゃが、実戦経験がないことが弱点）

と初めて駿太郎と対等の立ち合いの地稽古をしたとき、感じていた。だが、そのことを口にしたことはなかった。

「話せ、繁次郎」

と命じられた繁次郎が最前からの話を繰り返した。腕組みして聞いていた壮吾が、

「おまえら、えらいことを考えおったな」

「兄上、この話、ダメですか」

と祥次郎が質した。

壮吾が年少組を見回し、最後に駿太郎で視線を止めた。

「駿太郎どの、こやつらの申し出、迷惑であろうな」

「いえ、さようなことは。もし一緒に行けたら楽しいとは思います」

駿太郎が正直な気持ちを語った。

うむうむ、と応じた壮吾が、

「赤目駿太郎どのが鏡心明智流の桃井道場に入門した理由(わけ)は、たしかそなたが大人ばかり相手に育ってきたから同年齢の者たちと付き合いが少ない、ということだった。妙に姑息な大人に育ってもいかん。アサリ河岸に来れば、わが弟のよう

に同年齢の駿太郎どのと比べてまるで幼子のようなものもおる。祥次郎のごとき幼いものとの付き合いも大事と赤目様は考えられて、わが師に入門を願われたのであったな」

ここの全員が承知のことをわざわざ披露した。

「兄上、なにがいいたいのだ、ただ今はわれら、旅の話をしているところじゃぞ」

「それよ、祥次郎、もしもの話じゃぞ。よいか、心して聞け」

壮吾の言葉に弟は致し方なく頷いた。

「旅に出ればおまえら年少組六人は昼も夜もいっしょに過ごすことになる。お互いがお互いを知るよい機会ではないか」

なにか言いかけた由之助を手で制し、

「高尾山薬王院まではせいぜい一泊二日の旅であろう。とはいえ同輩と大八車を押しながら世間を知り、在所の暮らしを見ることは、おまえらの行く末にきっと益になる気がいたす」

とようやく小籐次の顔に視線を置いた壮吾が、

「赤目様、まず、それがしがこやつらの親御と面会いたし、許しを得ます。もし許しを得た暁には、久慈屋の承諾を得てくれませぬか」

と願った。

しばし沈思していた小籐次が、

「たしかに与力・同心は口八丁でなければ務まらぬな、岩代壮吾さんや」

「恐縮です」

小籐次が無言の桃井春蔵を見て、

「駿太郎の入門の経緯を見習与力どのに押さえられての直談判、どうにも抗いようがございませぬな」

と覚悟を決めて応じた。

「壮吾め、いつかような弁舌を振るうようになりましたか。ともあれ、どうしたものでござろうな」

と春蔵は自分の手には負えぬという顔で言った。

「岩代どの、そなたが親御を説得いたした暁にはわしが久慈屋に白髪頭を下げてみようか」

と成り行きで話が決まり、駿太郎を除いた五人から歓声が起った。

アサリ河岸から望外川荘への帰り舟の櫓を駿太郎がとった。無言で櫓を漕ぐ駿太郎に小籐次が話しかけた。

「駿太郎、あの五人を伴うのは煩わしいか」

「いえ、さようなことは」

「ならばなにか気がかりか」

駿太郎は櫓を漕ぎながらしばし間を置いた。

「父上、私をふくめて六人、半人前の子どもです。久慈屋に迷惑がかかりませんか」

「そのことは岩代壮吾が五人の親御の許しを得てから考えてもよかろう。それにしても町方は、口八丁が武器とは知らなんだ。たしかに岩代どのの話は抗いがたい説得力があったな、父はなんの抗弁もできなかったわ」

と小籐次が苦笑いした。そして、

「駿太郎、そのほうを高尾山薬王院に伴おうと思った曰くを話しておこうか」

「曰くがございますので」

「そのほうが腰に差しておる孫六兼元を父がなにゆえ所持しておるか承知か」

「どなた様からか頂戴したのではございませんか」

「芝神明社の神官西東正継様がある騒ぎに巻き込まれた折に力をお貸ししたことがある。そのとき、礼として芝神明の所有の一剣孫六兼元を頂戴致したのだ」

「えっ、私の腰の兼元は芝神明社の持ち物にございましたか」

「刀簞笥に永の歳月眠っておったで、手入れが要った。その直後、久慈屋が薬王院に紙を納めに行くことになった。そこで高尾山の琵琶滝にて身を清め、兼元の研ぎをいたしたのだ。大昔の話よ」

「駿太郎は知りませんでした」

「そなたがうちに来る前の話だから、知らぬのが当然であろう」

小籐次の話を聞いた駿太郎が櫓から片手を離して孫六兼元に触った。そして、

「あっ」

と小さな驚きの声を発した。

「父上、こたびも琵琶滝で研ぎをなさいますか」

「うむ、大番頭さんからこたびの話を聞いたとき、わしは相州五郎正宗の懐剣を手入れする場は、琵琶滝しかあるまいと思ったのだ。その瞬間、あの懐剣の手入れの目途がついた、というより気持ちが定まったというべきかのう」

「父上、高尾山薬王院にいくのが楽しみになりました」

駿太郎の声音が最前より明るくなっているのを感じた。

「父上、駿太郎はアサリ河岸の桃井道場に入門して、町奉行所の与力・同心方や身内の苦労を知りました。父上が考えられたように、剣術修行をしているだけでは知ることができないことが世間にはいくらもあるのですね」

「ということだ」

「祥次郎さん方が高尾山薬王院に一緒に行けるといいですね」

駿太郎の正直な気持ちが声音に出ていた。

「なんとのうじゃが、五人の父御も久慈屋も許してくれるような気がする」

あのとき、壮吾は道場を訪ねてきたのではなく繁次郎らが小籐次と桃井春蔵に話し始めた折から玄関先で聞いていたのではないかと小籐次は推量していた。壮吾は話を聞いたうえで、考えを固めて道場に入ってきた。

（あやつ、いい与力になろう）

駿太郎は駿太郎で、森尾繁次郎ら五人といっしょに旅することを想定して自分に出来ることはないかと考えていた。

翌朝のことだ。

徹宵して曲物師万作の道具を手入れしたせいで、小籐次は未明に床に入った。台所に手入れを終えた道具と久慈屋の大番頭観右衛門に宛てた書状を見た駿太郎は、

「母上、この道具を万作親方に届けて久慈屋に立ち寄り、父上の文を届けて桃井道場に稽古に参ります。父上は夜通し仕事をなさったのです、本日はお休みしてもようございますよね」

とおりょうに相談を持ち掛けた。

「そうしてくれますか。文を置いてあるということはきっとその気でしょう」

「私どもが高尾山に行くとなると、母上、留守は大丈夫ですか」

とおりょうが言い、母と子の間で話が決まった。

「案じなさるな。クロスケもいればシロもいます。天下の赤目小籐次の屋敷に盗人は入りますまい」

とおりょうが言い、

「駿太郎の朋輩たち五人が高尾山薬王院にいけるとようございますね」

「母上もそう思われますか」

「いえ、昨日、二人から話を聞くまで八丁堀のお役人の子弟の難儀を存じませんでした。嫡男は父御の跡継ぎとして役目に就けますが、次男、三男はわが道を己で切り開くしかないのですね」

「婿養子の口もなかなか容易く見つからないそうです」

「もし高尾山薬王院の旅で見識がひろまれば、五人にとって得難い機会になり、各自の先行きが見えることになるかもしれませんものね」

「そうなるとよいのですが、高尾山への旅を許されることがまず先です」

「親御様の考えは五家すべてが同じとはかぎりますまい。五家のうち一つでも二つでもお許しがあるとよいのですが。一方、久慈屋さんは必ずお許しになりますよ」

とおりょうが言い切った。

「私たち、足手まといではありませんか」

「いえ、赤目小籐次の頼みです。必ずや久慈屋さんは承知なされます」

おりょうの言葉は確信に満ちていた。

「この旅は久慈屋さんと赤目小籐次双方にとって益のあるものです。旅慣れた駿太郎が五人の朋輩の手本になれば、五人にとってよい経験となりましょう。旅は考えを膨らませます、きっと今後に役立つことでしょう。ゆえに母はなにも案じておりません」

との言葉に送られて駿太郎は一人で小舟に乗り、まず深川蛤町裏河岸に着けた。

ちょうど角吉の野菜舟も到着したところで、

「駿太郎さん、今日は一人か」

「父上は夜明かしして万作親方の道具の手入れをされました。明け方から眠りに就かれましたので」

「ならば道具を置いていきな、姉ちゃんがきたら持たせるからよ」

「頼んでいいですか。朝稽古の前に久慈屋に立ち寄るのです」

「研ぎ代はこの次でいいな」

「構いません」

と蛤町裏河岸にわずかな刻限立ち寄っただけで、小舟を江戸の内海へと向けた。

久慈屋では赤目親子の紙人形が店先に出ていた。手代の国三の仕事だろう。

「おや、赤目様は深川で仕事ですかな」

「いえ、父は望外川荘に残りました」

大番頭の観右衛門の問いに答えた駿太郎が父の文を差し出した。

「赤目様が文ですと。こりゃ、高尾山行は無理だったかな」

と呟いた。

観右衛門は小籐次の書状が高尾山行の断りと考えたようだ。隣に座した昌右衛門は大番頭の呟きに首を傾げている。

「駿太郎さん、父上に返書がいるかもしれません。ちょっと待って下さいな」

と観右衛門が願った。

お鈴が駿太郎の声を聞いて台所から姿を見せた。

「あら、本日は駿太郎さんだけなの」

「はい」

と応じた駿太郎は、

「おやおや、これはこれは」

という観右衛門の驚きの言葉を気にした。

「駿太郎さん、朝餉は食したの」

「食べてきました」

文を読み終えた大番頭がしばし文を手にしたまま沈思し、

「旦那様、私宛ゆえ先に読ませて頂きましたが、これは旦那様の判断なさる文にございますよ」

と若い昌右衛門に差し出した。

「おや、なんでございましょう」

と文を大番頭から受け取った昌右衛門が読み始めた。すると、観右衛門が文箱の中から鼠の根付を出して国三に、

「赤目様の紙人形にこの木彫りをかけてくださいな。赤目様親子人形に悪戯するお方はいないとは思いますが、国三、とくと注意して盗まれないように見張っていて下さいよ」

と命じて渡し、

「過日の客人が見えたら、『ようやく手入れの目途がたった。江戸をしばし離れるが、案じるな』という赤目様の言葉を伝えなされ」

「承知しました」

と受けた国三が店先の紙人形の小籐次の手先に木彫りの根付を結んだ。それを見ていた観右衛門が袱紗包みを駿太郎に差し出した。

「父上にお渡しになれば分かります」

と観右衛門が言ったとき、

「これはこれは、いささか驚きましたな」

と小籐次の文を読み終えた昌右衛門がもらし、

「駿太郎さん、うちはなんの差しさわりもございませんと赤目様にお伝え下さい」

と即答した。

四

駿太郎はアサリ河岸の桃井道場に稽古に向かった。すると森尾繁次郎ら五人組がいつもより張り切って稽古していた。

「赤目様は久慈屋で研ぎ仕事か、駿太郎さん」

「いえ、本日は須崎村で休養です」

「えっ、赤目様が休むなんてことがあるのか」

と祥次郎は尋ねた。

「父上は昨晩徹宵して研ぎ仕事をしておりました。終わったのが朝方で私が手入れの終わった道具を深川の得意先に届けたのです」

「ふーむ」

と鼻で返事をした祥次郎が、

「久慈屋は、未だあの一件知らないんだな」

「昨日以来、父上は芝口橋の久慈屋を訪ねていません」

と文のことは触れずに駿太郎が答えた。

「そうか、そう容易くは事が進まないか」

がっかりとした様子の清水由之助が言い、駿太郎が、

「皆さん、父上にお話しになったのですか」

と反対に問い返した。

「それがな、駿太郎さん、うちの兄上に『そなたらがぼそぼそと一人で話しても親父様方が容易く理解を示すとも思えぬ。おれに任せろ』とわたしらは口留めされたんです。兄上になにか考えがあるとも思えないけどな」

と祥次郎が首を捻った。

「こちらが進まぬ以上、久慈屋はわれらの願いを知らぬわけか」

と吉三郎が念押しし、

「すぐにも江戸を離れて旅に出られると思ったのにな」

と嘉一が、この話は無理だとあきらめた顔で言った。

「岩代壮吾さんの働き次第ですよ。私どもは稽古をいたしましょう」

との駿太郎の提案に、

「稽古な、なんとなく力が入らぬぞ」

年少組の頭の森尾繁次郎がもらした。そして、不意に思い出したように、

「留吉が奉公先の真綿問屋摂津屋から姿を消したそうだぞ」

と駿太郎に告げた。

木津留吉は繁次郎の前の年少組の頭だったが、八丁堀の同心の倅にあるまじき、屋敷から十手を持ちだして見習同心を装い、芝居小屋にただで入ろうとするという騒ぎを引き起こし、急いでお店奉公に出されたばかりだった。

「奉公先から姿を消したとはどういうことですか」

「十五にもなってさ、小僧奉公は嫌だったんじゃないか。だって年下の先輩小僧がいるだろう。この道場で年少組の頭で威張っていた折とは扱いが違おう」

と繁次郎が言い、

「八丁堀に戻っておられるのですか」

と駿太郎が尋ねた。

「どの面下げて八丁堀の役宅に戻れるよ。留吉の親父だってようやく上役に頼み込んで自分の同心の職を守ったのに、かってに辞めた倅を八丁堀に引きとれるものか」

「では、どうしているんですか、留吉さん」

「駿太郎さん、おれたちはこれ以上のことは知らんのだ。留吉におれたちの他に仲間がいたとも思えない。これ以上厄介ごとを引き起こすと木津の家は八丁堀にいられないぞ」

繁次郎は、留吉の父親が同心を辞める羽目になることを匂わせた。年少組の全員が部屋住みだ。

「明日はわが身」

と考えたか、この話をきいた四人がしょんぼりとした。

「繁次郎さん、かようなときは無心に稽古をして汗を流すのが一番ですよ」

駿太郎は五人を誘った。

「なに、駿太郎さんとおれが稽古か。相手になるまい」

「いえ、稽古は勝ち負けではありません。無心で体を動かすのです」

駿太郎が繁次郎と稽古を始めようとしたので、他の四人も竹刀を手に仲間と向き合ったが、最前のように張り切っての稽古とはとてもなりそうになかった。

駿太郎の相手の繁次郎もなんとなく竹刀を構えてはいたが上の空だった。

「年少組の頭がそれでは高尾山行どころではありませんよ。向こうからよい知らせがくるような力のこもった稽古をしましょう」

駿太郎が呼びかけたが、五人とも今一つ乗ってこない。

「繁次郎さん、私の体に竹刀をちらりとでも当ててください。そしたらいい知らせがあるかもしれませんよ。由之助さん、吉三郎さん、嘉一さん、祥次郎さん、だれでも構いません、駿太郎に打ち込んでください」

「な、なに、駿太郎さんをおれたち五人で打ち込んでいいのか。どうだ、みんな、おれたち五人と駿ちゃんの掛かり稽古は」

駿太郎のいうことを勘違いした祥次郎が仲間に質し、

「一対一の稽古ではなく一対五の掛かり稽古か」

と嘉一が念押しした。

「だって駿ちゃんに一人で太刀打ちできる仲間なんてこのなかにだれ一人としていないじゃないか、五人ならばなんとかなるよな」

と祥次郎が言った。しばらく考えた駿太郎が、

「私と五人の掛かり稽古ですか、いいでしょう。だけど祥次郎さん方が一本とるまで稽古は終わりませんよ」

「なに、おれたち、駿ちゃんに打たれっ放しか。よし、おれが一本、とってやる」

由之助が竹刀を構えて改めて素振りをし、祥次郎らは面を打たれてもいいように防具をつけて竹刀を構えた。

駿太郎一人対五人の掛かり稽古が始まった。

最初は五人組が遠慮しながら一人ずつ交代で駿太郎に打ち込んでいたが、駿太郎の素早い動きに自分たちの攻めが通じないと悟った瞬間、

「よし、五人で駿太郎さんを叩き伏せるぞ」

と繁次郎が総がかりを告げた。

「おおー」

と応じた四人を含めて五人が駿太郎に一斉に攻めかかった。だが、駿太郎の俊敏な動きに振り回されたのち、体のあちこちを叩かれた。

「あ、いたた」

「く、くそっ」

と言いながらも、なんとしても駿太郎から一本とろうと必死になった。

むろん駿太郎は力を加減して、五人に竹刀を振るっていた。なにしろ駿太郎のこれまでの稽古量と密度が五人とは違う。また桃井道場では知られていなかったが、幾たびか修羅場を潜った経験もある駿太郎には、五人の動きを見分ける余裕があった。

駿太郎の竹刀に叩かれて突んのめって床に転がった祥次郎と嘉一が、

「おい、これじゃいつまで経っても叩かれっ放しだぞ。なんとかしないか」

「なんとかするってどうするんだ、嘉一」

「だからさ、おれたち、駿ちゃんの後ろから攻めるのさ」

「後ろからって卑怯じゃないか」

「卑怯もなにも、このままじゃ話にならないんだ、致し方ないぞ」

「よし、兄貴を叩きのめすつもりで駿ちゃんの背後から攻めてみるか、背中には目はないもんな」

駿太郎が由之助、繁次郎、吉三郎を相手にする背後から、二人して攻めかかった。その直後、駿太郎が前方の繁次郎の腰を叩いてその傍らを走り抜け、くるりと回ったために祥次郎と嘉一の攻めは空を切って、二人は前のめりに床に転がっていた。

「嘉一、ダメだ」

「祥次郎、しばらく床に転がっていよう」

と言い合う二人は、

「まだ掛かり稽古は始まったばかりですよ、祥次郎さん、嘉一さん」

と駿太郎に言われて、

「悔しいな。五人して駿太郎さんの稽古着にかすりもしないぞ。だれか知恵はないか」

由之助が四人の仲間に尋ねたがだれもが息が上がり、

「ダメだ」

「話にならない」

と祥次郎と嘉一が転がる床に三人も座り込んだ。

「繁次郎さん、高尾山薬王院へ行きたくはないのですね」

「行きたいさ。だけど駿太郎さんの動きが速すぎてさ、竹刀がかすりもしないんだ」

「そんなことでは皆さんのお父上も久慈屋も旅を許してくれませんよ。高尾山に遊びに行くんじゃありません。仕事に行くんです。仕事となれば、このような稽古では役に立ちません。高尾山薬王院は諦めるんですね」

「そりゃ困る。よし、五体から力を絞り出して赤目駿太郎を打ちのめすぞ」

繁次郎の必死の声に四人もよろよろと立ち上がった。

桃井道場の見所では桃井春蔵に師範の一人が、

「師匠、なんですね、高尾山薬王院に行くとか行かないとか」

と尋ねていた。

「ああ、その話か」

と前置きした春蔵が久慈屋の一件を説明した。

「ははあ、うちの餓鬼門弟ども赤目様親子に従い、旅に出たくなったか。気持ちは分かるがな、なにしろ年少組の多くが部屋住みゆえ、旅など夢のまた夢だからな。それに部屋住みであろうとなかろうと、与力・同心になっても御用以外では江戸を離れることなどできますまい」

と北町奉行所の門前廻り同心の野上一哉師範が五人に同情を寄せた。そして、

「師匠、それにしてもあれは十三歳の体と技量ではございませんな。それがしは

親父様どころか、息子の駿太郎との打ち合いも致したくございませんぞ」

「さすがに天下の赤目小籐次の息子じゃな。年少組とはいえ、同じ歳頃の五人が打ちかかってあの様じゃ。それがし、鏡心明智流の道場の看板を下ろしたくなったわ」

と鷹揚にも応じた春蔵に別の門弟が、

「高尾山に物見遊山にいくつもりと考えていた五人は魂胆を見抜かれて駿太郎どの一人に叩きのめされていますか。野上師範ではないが、われらもうかうかできんな」

と漏らしたものだ。

「さあて、あの五人の親父様が旅を許してくれますかな」

野上が、駿太郎一人に打たれっぱなしの五人の稽古を見ながら言った。

「師範、わしはこの話うまくいくと見たな」

「えっ、師匠、それはまたどうしたことで」

「考えてもみよ。赤目小籐次様に南北両奉行所はたびたび面倒を頼んでおらぬか。それに過日、あの親子は城中に呼ばれて、上様の前で虚空に投げた紙束を切り刻んで、白書院に雪を散らしてみせたというではないか。上様に御目見の親子と町奉行所の役人の倅が旅する機会などめったにあるまい。この話なると思うた曰くよ」

「いかにも、あのじい様、老中青山様とも入魂の間柄と聞き及びます。赤目親子と与力・同心の次、三男坊が知り合いともなれば、婿入りの口も舞い込むかもしれませんな」

「そこまで話が膨らむかどうかはわからんが、見習与力岩代壮吾が八丁堀の親父様方と会うておるわ、あやつは剣術もそつがないが、口も上手ゆえな」

「話が成立しますか」

「と、みたな」

と春蔵が言ったとき、繁次郎ら五人の年少組は道場の床に転がり、弾む息をしていた。

久慈屋の店先にある赤目親子の研ぎ姿の紙人形に在所から出てきた風体の年寄り二人が拝礼して柏手を、

ぱんぱん

と打ち鳴らし、

「酔いどれ大明神様、わしらの在所下野（しもつけ）はここんところ凶作つづきでございますだ、なんとか赤目小籐次様のお力で今年は大豊作になりますようにお願えいたしますだ」

と声高に願いごとを告げ、賽銭を紙人形の前に置こうとして、手代の国三に、

「旅のお方、うちは紙問屋でございます。この紙人形は赤目様親子がよその研ぎ場で仕事をしなさる折の目印、ついでに久慈屋の看板にございます。寺社ではございませんで、賽銭の類はお断りしております」

「なに、賽銭はなしてか、たかが二、三文じゃがのう」

「いえ、一人が賽銭を上げなさると次から次へとお参りなされて賽銭を上げていかれます。赤目小籐次様は、生き神様ではございません、お許しください」

と丁重に断った。

「あんたは紙問屋の奉公人じゃな」

「はい、手代の国三にございます」

「これはほんのわすの気持ちだ、おまえさんが受け取ってくれんかのう。賽銭を上げんと御利益がないようでな」

「ご老人、橋を渡ってしばらく行くと芝神明社という江戸でも名高い社がござい

ます。赤目様はあちらとも入魂の間柄、どうかあちら様に賽銭を上げてくださいまし」

「そうか、わすはこの紙人形の酔いどれ大明神様がいいのう」

と言いながら、年寄りの一人が小籐次人形の手に下がった鼠の木彫りに触れて、

「酔いどれ大明神は鼠が好きかのう」

と言った。

「いえ、そっと触ると願いが叶うというお鼠様です」

「おお、そうか、ならばそっと触って芝神明社に行こうかのう」

と二人の年寄りが消えたと思ったら、また赤目親子人形の前に人影がさした。

「手代さん、酔いどれ小籐次様は、本日別の研ぎ場で仕事かえ」

涼し気に青地の縞を着流した若い男の五体から香のにおいが漂ってきて、国三は過日小籐次に懐剣の研ぎを頼んだ客だ、とすぐに直感した。

「子次郎さんでございましたね」

「おうさ、赤目の旦那から何事か伝言かえ」

「はい。文にて赤目小籐次様から、ようやく手入れの目途がたった。江戸をしばし離れるが、案じるなという伝言にございます」

「なに、赤目様は旅に出るのかえ」

「はい、江戸を留守にするのは長くて十日ほどではございますまいか」

「分かった。酔いどれ様に安心したと告げてくんな」

と応じた子次郎が夏の陽射しのなかに溶け込むように姿を消した。

国三は用事を果たした鼠の木彫り人形を手にすると帳場格子に行き、

「大番頭さんのお言葉どおりに伝えました」

「聞いておりました。あれでようございましょう」

「では、この人形はいったん大番頭さんにお返ししておきます」

と渡すと仕事へと戻っていった。

国三の言動を見ていた観右衛門が手の木彫りの鼠を文箱に戻しながら、

「旦那様、国三をそろそろ番頭に致しますか」

「先代の隠居騒ぎで時節を逸しました。そうですね、赤目様のお考えを伺ったうえで、そう致しましょうか」

と久慈屋の主従が話し合うところにこんどは、

「ごめんなさいよ」

と額に汗を光らせた読売屋の空蔵が入ってきた。

「本日は、赤目様はお休みです」

「紙人形だもんな、留守は承知ですよ」

と応じながら草履を脱ぐと主従が並んで仕事をする帳場格子の前にいざり寄った。

「また読売のネタさがしに赤目様を頼りになさるか」

「それがね、ネタはねえことはないんだ。だが、読売にするには店の名も出せねえ、ついでにお店では、さようなことはありませんと、盗人に入られたことはないと知らぬ存ぜぬを決めこみやがる。どうしたものかと酔いどれ様の顔を見にきたんだがね」

「空蔵さんや、話が見えませんな」

「でしょうな、わっしもそうなんだよ。伊勢町米河岸、鼈甲朝鮮生地板問屋対馬屋唐兵衛方に盗人が入ったのは確かなんだよ、番頭の一人が伊勢町の番屋に朝いちばん飛び込んできて、二百五十両が盗まれたと届けたんだからな、ところが土地の御用聞きが下調べに入ると、『いいえ、番頭の早とちりでございましてね、盗人など入っておりません』と主人の唐兵衛の言葉でさ、わっしも早い段階からこの盗人話を聞き込んでいたんだが、主にそう言われては、どうもこうもないや」

「ほう、米河岸の対馬屋さんね、あれこれと噂のある老舗ですな」

「へえ、朝鮮とのかかわりが深いせいで長崎から仕入れていると鼈甲なんぞを扱っていますがね、なあに対馬口の到来ものがあれこれ江戸に入ってきて、店の蔵には千両箱が山積みだなんて噂があったがありゃ噂どおりだよ」

「対馬屋さんにとって二百五十両なんて大した額ではございませんかな」

「というより、町奉行所や御用聞きが入って他のことを調べられるのが嫌なんでございませんかね、わっしはそう睨んでいますがね」

「そりゃ、いくらほら蔵さんでもはっきりと主に『いえ、番頭の早とちりでございましてね、盗人など入っておりません』と言われると手の打ちようがございませんか」

「へえ、全くでね」

と空蔵が顔を歪めた。

お鈴がお盆に茶菓を載せて姿を見せた。

「お鈴さん、すまねえな」

「いえ、空蔵さんがお見えになったので、旦那様も大番頭さんも奥や台所に休みに参られません。致し方なくこちらに」

「なに、わっしの茶ではないのかえ」

「空蔵さんのもございます」

「ありがてえ」

と空蔵が礼を述べ、その間、話は当然中断された。お鈴が引きさがり、

「お鈴さんはどうやらこちらの奉公に慣れましたな」

「はい、空蔵さんが何者か分かるようですからな」

と応じた観右衛門に空蔵が、

「ともかく対馬屋も決して評判のいいお店ではありませんな」

と話を戻した。

「うちは商いの付き合いがございませんでな。対馬屋さんの内情は存じませんよ」

「昔はたしか取引があったはずだ。それがなんぞごたごたがあって久慈屋さんが手を引かれた」

と言いながら空蔵が昌右衛門と観右衛門主従を見たが、二人はそ知らぬ顔で茶を喫していた。

夏の陽射しが照り付ける昼前のことだった。

第三章　見習与力

一

　この日、赤目小籐次は昼下がりに目覚めた。障子の向こうから差す光に、

「おお、よう寝たな。なにやら世間様に顔向けできんような、それでいて年寄りでも未だ熟睡できる力が残っていて嬉しいような」

　などと独り言を呟いていると、静かにおりょうが寝間に入ってきて、

「寝息を立ててよう眠っておいででした」

「寝息などという可愛げのあるものではなかろう、鼾（いびき）が望外川荘を震わしていたのではないか」

「まあ、そんなところです。おまえ様も五十路です、時には徹宵明けではのうて、

のんびりと望外川荘で休みを持たれたほうがようございます」

「そうじゃな、明け方に床に入るなど惰眠を貪っているようで、なんとも寝覚めはよくないでな」

　おりょうが小籐次の傍らに座してかけ布団に手をかけた。

「お梅がおろう」

「使いに出ております。駿太郎もまだ帰ってくる様子はございません」

　とおりょうが小籐次の傍らにひっそりと入りこもうとすると、クロスケとシロが船着き場のほうで吠え始めた。敵意ある吠え方ではなく、かといって親し気な知り合いに対する甘えた吠え方でもなかった。

「邪魔が入りおったわ、おりょう」

「おまえ様、今宵の楽しみに残しておきましょう。百助（ももすけ）が湯を立ててくれています。まず湯にお入り下さい」

　とおりょうが残念そうに寝床から出て、小籐次を湯殿にやった。そのうえで身なりを整えて縁側に出た。

　すると南町奉行所定廻（じょうまわ）り同心近藤精兵衛と北町奉行所見習与力岩代壮吾という珍しい二人組が姿を見せた。南北奉行所と所属が違い、また近藤は同心、岩代は与力の家系だ。岩代は早晩見習の二文字がとれるであろう。身分違いの上に南北奉行所と所属も違ったが、二人はアサリ河岸の鏡心明智流桃井春蔵道場の門弟同士だ。近藤が桃井道場では兄弟子ということになる。近藤と岩代は互いに敬愛しての付き合いだ。

岩代壮吾はおりょうが初めて会う北町奉行所の役人だった。

「本日は赤目様が仕事を休まれたとか、ゆえに望外川荘に押し掛けました」

と挨拶する近藤が、

「この者、北町奉行所の見習与力にてアサリ河岸の桃井道場の門弟にございます。桃井道場では五指どころか、ただ今は三指に入ると申してよろしいでしょう」

「と申されますと、岩代様は駿太郎の兄弟子でございますね」

「ということになりますか」

と近藤が含みのある返事をした。おりょうはその言葉に気付かぬふりで、

「岩代様、駿太郎がお世話になります」

と挨拶した。壮吾が、

「いえ、ただ今近藤様は、それがしが五指とか三指とか申されましたが、十三歳の駿太郎どのに教えられることばかりです。世話をかけておるのは道場のわれら

です」

　と上気した顔で恥ずかし気におりょうに答えた。

「おお、岩代壮吾どのは赤目一家は苦手かな」

「いえ、近藤様、噂にはあれこれと聞かされておりましたが、駿太郎どのの母上がかように美しい女性とは、努々想像しておりませんでした」

「あれまあ、岩代様はその若さで女子を喜ばす追従をご承知ですか」

「おりょう様、それがし、追従など決して申しません。まさかそれがしと道場で打ち合っておる駿太郎どのの母上とは想像もつきません」

「ならば、岩代壮吾、あの赤目小籐次様のお内儀と思えるか」

　と近藤が問い返し、

「うーむ」

　と唸った壮吾が、

「お二人が並んだお姿が頭に浮かびません」

　と正直な気持ちを吐露した。

「いかにもさよう、おりょう様は才色兼備の女子、失礼ながら赤目小籐次様は」

　と近藤が言いかけたとき、風呂から上がってきた小籐次が、

「背丈は五尺あるかなしか、面はもくず蟹のごとき大顔、風采の上がらぬ年寄りじじいか、近藤精兵衛どの」

と話のあとを奪って言ってのけた。

「た、魂消ましたぞ、赤目様。突然、お姿を見せんで下され、それがし、肝を冷やしました」

近藤が縁側の沓脱石の前で大声を上げた。

「老練にして腕利きの南町奉行所の定廻り同心ともあろう者が酔いどれじじいが姿を見せたくらいで驚くでない。須崎村の望外川荘はわが屋敷じゃぞ、主がいてなんぞ訝しいか。それともこの家はわしら夫婦の住まいとは信じられんか」

小籐次の言葉にしばし間を置いた近藤が、

「正直未だこの望外川荘がお二人の住まいとは思えません。いえ、おりょう様のお屋敷と申されるならば、なんの違和も感じませんがな」

と言い添えた。

「おお、そのことなればわしも近藤どのの言葉に賛意をしめそうぞ。望外川荘に間借りしておるのが酔いどれじじいでな、となれば、そなたらも得心がいこう」

小籐次の言葉におりょうが、

「わが君、お二人にさような言葉は通じませんよ」

「そうかのう」

と言い合う二人に近藤が、

「この際です。訝しい噂をさるところで耳にしたのでございますが、確かでございましょうか」

「なんだな、訝しい噂とは」

「上様がお鷹狩りの帰りに望外川荘に立ち寄られたとか」

「うむ、さような噂が巷に流れておるか」

「巷というほどではなく、それがしの耳に」

「入ったか。さような噂は聞き流しておくにかぎるぞ、近藤どの」

二人の問答を岩代壮吾が茫然として聞いていた。

早晩見習の二文字がとれ、与力と呼ばれる壮吾にしても上様には御目見が叶わぬ身だ。それなのにふだん研ぎ仕事を紙問屋の店先で営む赤目小籐次の屋敷に公方様が訪れるなどありえようか。いや、一本包丁を研いで四十文の年寄りが須崎村の広大な望外川荘の持ち主だとしたら、ありうる話かもしれぬと壮吾は思いを巡らした。

「おりょう、二人をいつまで庭に立たせておく心算か」

「つい話が弾むものですから、忘れておりました。どうか、お二人して玄関にお回り下さいますか。それともこちらから座敷にお上がりになりますか」

おりょうに言われて近藤と壮吾が縁側から初夏の庭を見渡せる座敷に上がった。

「用件は高尾山薬王院行の話じゃな」

「いかにもさようです」

近藤が応じて壮吾を見た。

「最前望外川荘を訪れて以来、それがし、あれこれと驚かされておりまする。それにしても赤目小籐次様の令名南北町奉行所にこれほどいきわたっておるとは思いませんでした。桃井道場の年少組頭の森尾家を始め、わが岩代家まで五人の当主にお会いして、この一件を話しますと、どなたもが、『なに、赤目小籐次どの親子の高尾山薬王院への旅にわが倅が同道できるとな、かような機会は二度とあるまい、ぜひ願う』と巧言を弄さずとも許しを得られました」

「じゃが、南北町奉行どのはいかがかのう」

「念のためにそれがしの父を通して南町奉行の筒井様、北町奉行の榊原忠之様にもお伺いを立てたところ、『赤目小籐次どのとの旅か、得難き機会』とこちらもお二人して奉行所から格別に手形を出す手配まで命じられたそうでございます」

「ほうほう、すべて外堀は埋められたか」

と応じる小籐次に壮吾が、

「その際、南町の筒井様が、あの一家は公方様と入魂の付き合いと申されたそうな。最前、近藤様の話を聞いても父の言葉を聞いてもさようなことがあろうかと、いささかそれがし疑っておりましたが、無知でした。赤目様、もはやわれらの側になんの差しさわりもございません」

と言い切った。

「あとは久慈屋の許しでございますね」

と近藤精兵衛が言うと、

「その久慈屋から文が届いておる。こちらも駿太郎を含めて六人を受け入れるそうな」

「おお、それは重畳」

と応じて、

「駿太郎どのがおられるゆえさようなことはあるまいと思うが、遊び半分の旅であってはならんと弟らに言い聞かせよ、岩代壮吾どの」

と壮吾に釘を刺した。

「それがしもそのことを案じますゆえに、駿太郎どのを除く五人には江戸町奉行所の与力・同心の倅ということを忘れ、車力といっしょになり大八車を押せと申し伝える所存にございます。されど、なにしろ十三、四の半端者ゆえいささか不安が残ります。ともかく赤目小籐次様に迷惑をかけるようなことがあれば、それがし、腹をかき切って責めを負う所存」

「腹をかき切るだと。岩代どの、ちと大げさではないか」

「いえ、父上が申しますには酔いどれ小籐次の行状はすべて上様がご存じとか。こたびの一件も早晩中奥に知らせが届くのはたしかじゃそうな」

「なに、八丁堀の部屋住みや駿太郎が紙問屋久慈屋の荷運びをなす話が公方様のお耳に入るか」

「はい」

「驚いたな」

おりょうとお梅が茶菓を運んできて、おりょうだけがその場に残った。

「おりょう様、どうお考えになられますかな」

「上様がわが君の行状をお知りになりたいかどうか、ということですか」

「まあ、そうですね」

「赤目小籐次が旅をするのです。ただ事では済みますまい。となると上様もご承知なされるのではありますまいか」

「そこでございます、おりょう様」

と岩代壮吾が力を込めていい、

「赤目様、桃井道場の年少組の指揮差配まで、天下の赤目小籐次様にさせるわけにはいきますまい。そこで」

と一拍おいて、

「年少組六人の差配をそれがしがいたします」

と不意に宣言した。

「なに、そなたまで紙問屋の荷運びに従うというか」

近藤が壮吾の発言を質した。

「は、はい。この一件、いかがにございますか、赤目様」

壮吾が小籐次を見た。しばし返答を迷っている亭主を見ながら、

「ふっふっふふ」

とおりょうが笑い出した。

近藤精兵衛と岩代壮吾が帰ったあと、

「確かに町奉行所の役人は武術の技量うんぬんより口上手のほうが何事もうまくいきそうじゃな」

と小籐次が漏らしたものだ。

その刻限、稽古着姿の年少組の六人をぎゅうぎゅう詰めに乗せた小舟が芝口橋に現れた。

「駿太郎さん、どうなされました」

と河岸道の柳の木の下に立っていた大番頭の観右衛門が声をかけた。十三、四の少年とはいえ小舟に六人は、かなりきつく喫水は舟べりぎりぎりだった。

八丁堀から三十間堀へと堀伝いに芝口橋へと差し掛かったところだ。

「大番頭さん、帰りに立ち寄って事情を説明します」

と言い残した駿太郎は溜池の方角へ舟を進め、葵坂(あおい)につけた。

「おい、駿ちゃん、おれたちになにをさせようというんだよ」

岩代祥次郎が訝しそうな顔で尋ねた。

「祥次郎さんはこの界隈知っていますか」

「この界隈か。武家屋敷ばかりだよな」

と辺りを見回した。

「いかにも大名家の屋敷ばかりですね」

と言いながら、小舟を葵坂下の船着き場の杭に舫った。

つい最近、久慈屋の隠居五十六とお楽夫婦の引っ越しの手伝いをした際に駿太郎も知った場所だ。

「さあ、上がって下さい。木刀は舟に残して下さい」

「なにをさせるんだよ、駿太郎さん」

年少組の頭の森尾繁次郎が心配げな顔で駿太郎に質した。桃井道場年少組五人は、高尾山への旅に行く決定について未だ聞かされていなかった。

「繁次郎さん、皆さん、舟を下りたら私どもは桃井道場の年少組の門弟でもなく、まして町奉行所の与力・同心の身内でもありません。いいですか」

「いいけどさ、なんだかわからないな」

と嘉一が不安そうな声で言った。

「すぐに分かります」

葵坂下を見回していた駿太郎が、

「あ、いたいた」

褌一丁に半纏を着た人足が五、六人屯しているのを見つけた。無精髭でひと際大きな人足は、ぷかぷか、と煙管で安物の刻みを吸っていた。

「なんだい、その形はよ。ああ、この界隈の御家人の倅が剣術の稽古か、稽古は道場でしな、若様方よ」

と言いかけた大男が、

「ありゃ、酔いどれ様の倅じゃねえか」

と質した。

「そうです、久慈屋のご隠居の引っ越しの折に世話になった赤目駿太郎です。親方の名はなんでしたか」

「おれかえ、いの字と呼ばれてきたな」

「いのすけさんとか、いのきちさんとか」

「そんなんじゃねえよ。生まれたときから、ただのいの字だよ」

「ならばいの字さん、お願いがございます」

「なに、酔いどれ様の倅がこのいの字に願いたあ、なんだえ」

「この界隈の坂道に大八車が差し掛かった折に、私どもに押させてくれませんか」

「なに、酔いどれ様の倅がわっしらの商い敵になるのか」

「違います。大八車の押し方を実際に教えてくだされればいいんです。相手がお代を払ってくれたらいの字さん方の稼ぎです」

「よくわからねえな。駿太郎さんといったよな、ざっくりと事情を話してみな」

問答を繁次郎らはなんともいえない顔で見つめ、人足仲間は興味なさげに見ていた。

駿太郎は久慈屋の荷運びで高尾山薬王院に行くことになるかもしれない経緯を説明した。

「なに、この子ども侍は、駿太郎さんの道場仲間か」

「はい」

「仲間に大八車の押し方を教えろってか」

にたにた笑ったいの字が、

「いいだろう、客がきたらよ、おれが掛け合ってよ、駿太郎さんと仲間が押すって寸法だな。それでお代はおれたちの懐に入る」

「そういうことです。でも、いの字親方が押し方を見て、悪いところは教えてく

だ さい」

「よし、向こうからよ、惣十郎町の味噌屋の大八がきたぜ。あいつにな、まず三人で車のケツを押させてやろう」

「へい、親方」

と駿太郎が承り、

「最初は繁次郎さんと吉三郎さんと私です」

と仲間二人を指名した。

「おい、おれたちになにをさせようというんだよ、駿太郎さんはさ」

「由之助さん、味噌屋の大八車を坂道の上まで押し上げるんです。久慈屋の旅は片道一泊二日甲州道中です。このような坂がいくつもあると考えてください。それができないのならば高尾山薬王院なんていけません」

駿太郎が言ったとき、味噌屋の重そうな大八車がやってきた。奉公人が二人、前と後ろに一人ずついた。

「いの字さんよ、いつもの値段でいいでしょうな」

大八車を引く手代らしい奉公人がいい、

「ああ、いいぜ。本日からおれを親方と呼んでくんな。それでよ、新入りが押すからよ、酒手はなしでいいや」

　といの字が応じた。

「えっ、新入りって、この若いお侍さんですか」

　引き手が呆れたという顔で言った。

「はい、ちゃんと坂上まで押し上げます」

　と引っ越しの折、押し方のコツを得ていた駿太郎が後ろに回った。

「あれ、酔いどれ様の息子さんじゃないか」

　と後ろの奉公人が駿太郎を承知か言った。

「いつもは紙問屋の店先で研ぎ仕事をしていますよね、今日は大八車の後押しですか」

「はい、いささか事情があるんです。だから、稽古のつもりで後ろを押させてください」

「駿太郎さんと言いましたよね、なにも味噌屋の大八を押さなくても研ぎをやれば金が稼げるじゃないですか」

　と大八の後押しの奉公人が言った。

「事情があるんです。さあ、行きますよ」

駿太郎が声をかけて味噌屋の重い大八車が坂の上へと進み始めた。

「繁次郎さん、腰を入れて。吉三郎さんはもっと低い姿勢で押すのです」

駿太郎に命じられた大八車がそろりそろりと進み始めた。それを見た人足頭のいの字が、

「おお、駿太郎さんよ、その調子だ。ちびっちょ、おまえは腕力が足りねえな、腕じゃ力が入らねえや、肩で押せ」

大八車の傍らに従って鼓舞しながらもあれこれと教えてくれて、なんとか一番険しい坂道を上り切って頂きについた。

「ふうっ」

と繁次郎が弾む息を整えた。吉三郎は路傍にいきなりぺたりと座り込んだ。

「さあ、次が来ますよ」

駿太郎に言われて繁次郎が、

「駿太郎さん、これで高尾山に行けなければ、おれたち大八車の押し方を習っただけでただ働きにおわるな」

「繁次郎さん、仕事はこんな生易しいものではありませんよ。一文稼ぐには精魂こめねばなりません」

という駿太郎を味噌屋の手代二人といの字が感心したように見ていた。

この日、駿太郎たちは七つ過ぎの刻限まで大八車を押す手伝いをした。

二

帰りに久慈屋に立ち寄ったとき、久慈屋の帳場格子にはだれもいなかった。

「ここが紙問屋の久慈屋か」

由之助が言ったが、その声は大八車を押し上げる手伝いで草臥(くたび)れて弱々しかった。久慈屋の広い店先を無言で見ている者もいた。

「駿ちゃんが包丁研ぎしている久慈屋がここだね」

と嘉一が店の一角を差した。

「そうです。皆さん五人を高尾山までいく御用旅に加えてもらえるかどうか、すべて旦那の昌右衛門様と大番頭の観右衛門さんのお気持ち次第ですからね」

と言った駿太郎はすでに桃井道場の年少組の高尾山同行は了解を得られていることを知っていた。だが、このようなことは駿太郎の口から言ってはならないと思っていた。

駿太郎が久慈屋に五人の剣術仲間を伴った理由は、八代目の主と大番頭に引き合わせることだった。そんな表の気配を察したか、店座敷から観右衛門が姿を見せ、

「皆さんが疲れ切った顔をしているのは葵坂の押し上げ人足の真似事をしてきたからですかな、駿太郎さん」

と密かに企てた行動を察して質した。

「はい。人足頭のいの字さんに教わり、実際に大八車の引き方や押し方をみんなで稽古してきました」

駿太郎が答えた。祥次郎が、

「えらい目に遭ったよな、駿ちゃんさ」

というところへ奥から久慈屋の八代目昌右衛門となぜか祥次郎の兄の岩代壮吾の二人が姿を見せ、

「祥次郎、久慈屋の荷運びは遊びではないぞ。薬王院有喜寺行は葵坂の車押し程度ではないでな」

と注意した。

えっ、と兄を見た弟が、

「兄者、なんで久慈屋にいるんだよ」

と兄に質した。すると壮吾が、

「久慈屋の主どの、この者たちに最前の話、告げてようございますか」

と許しを乞い、

「構いません」

と笑みの顔の昌右衛門が答えた。

壮吾は駿太郎が、

（すでに承知のようだな）

と眼付きで見てとった。

「森尾繁次郎、そのほうら桃井道場年少組五人に告げる。南北町奉行所も久慈屋どのもそなたらが久慈屋の高尾山薬王院有喜寺への品納めの旅に同行することを許された」

と言った。

壮吾の言葉に繁次郎らはしばらく沈黙で答えた。五人は葵坂の大八車押しで草臥れはて、頭がよく回らなかったからだ。それに葵坂のようにきつい仕事が何日も続くかと思うと、

(高尾山薬王院への旅に行かなくてもいいか)

と内心考える者もいた。

「どうした、うれしくないのか」

「兄者、大八車の後押しはきついぞ」

「当たり前だ。高尾山への道中は葵坂程度ではない。片道だけでも一泊二日は最低かかるそうだ。それに高尾山の麓に着いたのち、山の頂き近くにある薬王院に重い紙束を負って登る仕事が待っておるのだ」

「そんな話は聞いてないぞ」

と吉三郎が呟いた。

「吉三郎、止める気か」

「いかんでもいい」

しばし間を置いた壮吾が宣告した。

「吉三郎、もはや遅い。そなたらの願いを南北両町奉行、そのほうの親御、さらには久慈屋どのも承知されておるのだ。今さら止めるなどもってのほかじゃ。もっとも吉三郎が行きたくないというのであれば、そなたの将来は定まったも同然である。八丁堀の部屋住みを続けて、いずれは」

とそこまで言って、

「それがしは、この機会をそなたらが逃す手はないと思うがのう」

と壮吾が話の矛先を変えた。

「おい、兄者は、なぜさように偉そうな口を利くか」

弟の祥次郎が質した。

「祥次郎、嘉一、吉三郎、由之助、そして繁次郎の五人はとくと聞け。この高尾山薬王院有喜寺行の、そなたらの指揮差配をこの岩代壮吾がなすことが決まった」

壮吾が久慈屋の広い店じゅうに響き渡る声で告げた。その声を聞いて、
にっこり
と微笑んで得心したのは駿太郎一人だけだ。

五人の年少組はいよいようんざりした顔つきで黙り込み、弟の祥次郎が、

「だれも兄者に差配をしてくれなどと頼んでおらぬ」

と文句をつけた。

「いつぞやそれがしが祥次郎、そなたに『駿太郎さんの爪の垢を煎じて飲め』と道場で言うたことがあったな。この旅の間に駿太郎さんの生き方を五人してとく

と学べ、それが爪の垢を煎じて飲むということだ」

愕然とした体の年少組五人に、

「繁次郎さん、みなさん、そう旅に出る前から落胆することもありませんよ。旅は確かにきついし、まして御用の旅となれば苦しいこともたくさんありましょう。ですが、旅はきつく苦しいばかりではありません。楽しいこともあれば、珍しい食い物を食する機会もありますよ。なにより晴れやかな気分になります」

駿太郎が五人を慰めるように言った。

「駿太郎さんは高尾山を承知か」

繁次郎が尋ねた。

「いえ、父上は昔、久慈屋さんの薬王院への御用旅に同行したことがあるそうです。ですが、私はみなさんといっしょで、御用で高尾山に行ったことはありません。でも、父と母と身延山久遠寺へ旅したことがありますから、高尾山の麓の甲州道中を通りました」

「ならばさ、おれたちの旅の差配は駿ちゃんだけでよかったんだよ。なんで兄者が出しゃばるんだ」

祥次郎が繰り返しぼやいた。

「祥次郎、そなた、赤目駿太郎どのに甘えておらぬか。もはや駿ちゃんなどと呼んではならぬ。明日の大八車後押しは、この岩代壮吾も加わるでな、それがしも駿太郎どのと呼ぶ、そなたらも見習え」

「壮吾さん、それだけはご勘弁ください。あくまで桃井道場の年少組の一人として私を扱ってください」

と駿太郎が願った。

「それでよいのか、駿太郎どの」

「はい、桃井道場の年少組の末席は私です。呼び捨てで願います」

と駿太郎が言い、

「駿ちゃんは、いえ、駿太郎さんはそういうけど、兄者と対等に打ち合えるのは年少組で駿太郎さんだけだぜ。最前から幾たびも考えているが、なぜおれたちの企てに兄者がしゃしゃり出てくるかどうしても分からんのだ」

弟の祥次郎が最後まで拘った。

「おれも分からん。だって岩代壮吾さんは年少組ではないぞ。見習とはいえ北町奉行所に出仕の与力ではないか。なぜ御用を休んでまで紙問屋の久慈屋の手伝いをするのか分からん」

森尾繁次郎が他の仲間を代表するように考えを述べた。

「うーむ、この岩代壮吾、桃井道場の年少組の間でそれほど評判が悪いか」

「悪いわるい。おれたちに稽古をつけるというて、手加減なしに面だろうが胴だろうが打ちつけるだろうが」

と弟が言い、仲間がうんうんと賛意を示した。

そんな問答を昌右衛門や観右衛門、それに国三ら久慈屋の奉公人が仕事をしながらちらりちらりと見ていた。

「まあ、そなたらにそう言われると答え難いがな、曰くがないこともない」

「なんだ、曰くって」

と祥次郎が質した。

「そなたら、駿太郎どのが赤目小籐次様やおりょう様と血のつながりがないことは承知じゃな」

「そんなことはだれもが承知じゃ、兄者」

「天下一の武人、赤目小籐次様と駿太郎どのは血のつながりはない。ないが、十三歳の駿太郎どのが年上のそれがしと対等に稽古ができる。ということはあの力は血のつながりではない。物心ついたときから赤目小籐次様に鍛え上げられたことが、ただ今の赤目駿太郎をつくりあげたのだ。分かったか、祥次郎」

「兄者が赤目様の前に立っただけで震えがきていることもとくと承知じゃ。おれたち年少組の差配を兄者がなすことが分からん、というておるのだ」

「まあ、待て、祥次郎、それがしも一度くらい赤目小籐次様と旅をして昼夜をともにするとな、赤目様の強さのわけが分かるのではないかと思うたのだ、つまり薫陶を受けたいのだ。そんなわけで上役に願ったところ、赤目小籐次どのと旅をする機会などそうざらにあるものではなかろう。奉行所の支配地は江戸府内じゃが、こたびは格別に御用扱いで許す。ただし奉行所の決まり事や習わしもあるゆえ、岩代壮吾と年少組のそなたらは、桃井道場の門弟として久慈屋どのの御用の手伝い修行という『かたち』をとることにせよと申されたのだ。それがしは桃井道場の年少組の付き添いである。分かったな、さよう心得よ」

と壮吾が弁舌を振るった。

「兄者は、剣術が強くなりたい一心で駿ちゃんの親父様の赤目小籐次様と一緒に旅がしたいんだって、迷惑ではないか、駿ちゃん」

「私ども親子は久慈屋さんに世話になりっ放しです。まあ、身内のような扱いをうける私どもが御用に同行するのは当然です。年少組だけでなく岩代壮吾さんが加わるのは久慈屋さんにとって心強いのではありませんか」

駿太郎が帳場格子を見ると観右衛門が頷き、

「北町奉行所の若手与力の有望株と目される岩代壮吾様がうちの荷運び旅に加わってくださるのは恐れ多いことでございますよ。ですが、上役もお目こぼしになったとのこと、駿太郎さんが言われるように心強うございますな」

「ほれ、みよ。大番頭どのはこう仰っておられる」

「兄者、当人が前にいるんだぞ。大番頭さんだって世辞でいわざるをえないんだよ。ともかくさ、兄者が付き添いだって。駿太郎さん、それでも楽しいか、旅はさ」

「江戸を離れれば見たこともない土地の人や景色に出会い、おいしい食い物も食せます。私は旅が大好きです」

「となれば壮吾さんのことは別にして、おれたちも覚悟を決めるしかないな」

年少組の頭分森尾繁次郎が言い、

「おれは兄者が従うのが分からん」

祥次郎一人が未だぼやき続けていた。

「というわけで、紙問屋久慈屋の高尾山薬王院有喜寺への品納めには紙以外の荷を積んだ一台を含めて七台の大八車で参ります。駿太郎さんを加えて六人の桃井道場年少組は紙の大八一台に一人ずつ。むろん車力人足が引手、押手と一人ずつおりますから、坂道以外の平地は三人で十分でしょう。きつい坂道は、別の大八の三人が助勢して押しあげます。それから旅仕度はうちでしておきます」

と観右衛門が言った。

「この旅がさ、楽しいのだか辛いのだか分からなくなったな」

「だっておれたち、八丁堀の役宅界隈しかしらないもんな」

と嘉一と吉三郎が言い合った。そこへお鈴が、

「皆さん、三和土廊下から台所にお出でなさい。汗を掻いたときききましたので、金六町の甘味処よしのの金つばと大福、饅頭を用意してございますよ」

と声をかけると、

「おお、金六町のお菓子だって。最前から腹が鳴っていたんだ」

と吉三郎が言い、こちらへどうぞ、と駿太郎が案内して久慈屋の台所に通った。

「えっ、お店の台所ってこんなに広いのか。うちの道場ほどあるぞ」

祥次郎が驚きの声を放った。

「おお、確かに奉行所の台所ほどはあるな」

初めて知った壮吾も感心した。

「ここは久慈屋の大勢の男衆、女衆の奉公人が三度三度の賄めしを食するところです。あの大黒柱が大番頭さんの定席です。旦那様は奥で召し上がります」

と駿太郎が説明すると、

「駿太郎さんもこの台所で食することがあるのか」

と祥次郎が聞いた。

「研ぎ仕事をさせてもらう折は、いつもこちらで昼餉を馳走になります」

というところに金つばと大福、饅頭が大皿にてんこ盛りになって供された。

「おお、豪勢だぞ。一人ひとつってことないよな」

「三つは食えるぞ」

目でざっと数えた祥次郎と嘉一が言い合った。

奥からおやえが姿を見せて、

「駿太郎さんのお仲間ですね。こたび、うちの御用の手伝いをしていただくとのこと、有り難うございます」

と挨拶した。

「おやえさん、わたしどもは押し掛け手伝いです。ですが手抜きせず、頑張って薬王院まで大事な紙を届けます」

と壮吾が如才なく応じた。

「仕事もそうだけど旅を楽しんでいらっしゃいな。一行にはわたしの亭主と後見の赤目小籐次様がおられますからね、なんでも困ったことがあれば相談してくださいね」

「えっ、久慈屋の主も行かれますか」

祥次郎が驚きの顔で聞いた。

「はい。高尾山薬王院はうちの大事なお得意様ですからね。皆さんも薬王院によくお参りして、ご出世をお願いしておいでなさい」

「お内儀さん、われら部屋住みですが、薬王院にお参りすると願いが叶いましょうか」

森尾繁次郎が真剣な顔で尋ねた。

「薬王院有喜寺に納める紙は護摩札として使われます。祈願の護摩札のもとになる紙をみなさんが運んで参られるのです。きっとお聞きとどけ下さいましょう」

と答えたおやえから、

「さあ、甘いものをお食べなさい」

と言われて繁次郎らが金つばや大福、饅頭をそれぞれ摑んだ。祥次郎は一度に金つばと大福をそれぞれ手にした。

「こら、祥次郎、両手に二つとるなど岩代家では礼儀も知らぬかと言われるぞ。みよ、駿太郎さんはまだ手にしておらんではないか。一つを駿太郎さんに渡せ」

壮吾が叱った。

「そうか、おれだけが二つとったのか、駿ちゃん、どっちがいい」

祥次郎が金つばと大福を駿太郎の前に差し出した。

「祥次郎さん、二つとも食べてください。他にいくつもありますから」

と駿太郎が笑みの顔でいい、大皿から一つとった。

「そうだよね、たくさんあるんだもの、二つとも食べていいんだよな、駿ちゃん」

「お内儀さん、なんとも賑やかな高尾山行になりそうですな」

観右衛門がどう考えていいかという顔でもらし、

「赤目様もいつもとは勝手が違いましょうね」

とおやえが応じた。

「お鈴、駿太郎さんを含めて六人の旅仕度を明日までにしなければなりませんね。

芝口町の旅仕度屋にお鈴がおよそのことを知らせてください」

「はい、駿太郎さんだけが大人の丈ですね」

とお鈴が繁次郎ら五人の体付きを覚える様子を見せて、

「大番頭さん、出立は明後日ですか」

と質した。

「はい、七つ半に出立しましょうかな」

「ならば明日も葵坂のあと、こちらに寄らせてもらいます」

と駿太郎が応じた。

桃井道場の年少組の旅仕度のことを考えたからだ。

「そうしてくれますか。いくらなんでも道場の稽古着では旅はできますまい。若葉の季節、単衣(ひとえ)に筒袴にうちの半纏を着てもらえば、あとは菅笠と草鞋(わらじ)くらいね」

おやえとお鈴が言い合いながら奥へと戻っていった。

「八丁堀と違ってさ、大店はいいよな、おれさ、駿太郎さんの弟子になろうかと思ったけど、久慈屋で奉公してもいいかなとさ、考え直したところだよ」

祥次郎が金つばと大福を交互に食しながら、

「これで兄者が同道しないとさ、ごくらく旅だがな」

といつまでもぼやいていた。

「祥次郎、おまえはまだなにも分かっておらぬな。ただいまのおまえでは駿太郎さんの弟子にも久慈屋の奉公人にも採ってもらえぬわ」

と壮吾が決めつけたところに三和土廊下から南町奉行所の定廻り同心近藤精兵衛と難波橋の秀次親分が姿を見せて、

「やはりいつもと雰囲気が違いますすな」

と近藤が苦笑いして、

「まるで桃井道場の年少組が久慈屋の台所に引っ越してきたようですな」

と秀次親分が呆れ顔をした。

「まあ、そんなところかのう。壮吾どの、結局おぬしも年少組の差配という名目で高尾山に行くのだな」

「は、はい」

「おぬしが北町ばかりか南町にまで手を回して売り込んだ話はもはや八丁堀じゅうが承知じゃぞ」

「近藤どの、それがし、偏に久慈屋のために年少組を差配するお目付方でございます。かつ在所の様子を見て江戸に戻った折に御用の役に立てようと考えた次第にございます」

と南町の老練な定廻り同心に殊勝に答えた。

「兄者、最前の話とちがうぞ。ただ赤目様と旅がしたかったんだろうが。おれたちのお目付方などはだれも望んでもないし、要らないんだよ」

祥次郎が三つ目の甘味に手を伸ばしながら、言い放った。

「まあ、南北奉行所でも八丁堀でも、弟の祥次郎の考えが行き渡っておるな」

と近藤が苦笑いした。

このとき小籐次は、浅草広小路の砥石屋板目屋作兵衛方で内曇刃砥（うちぐもりはど）、細名倉砥（こまなぐらど）など三つの仕上げ砥石を購った。この砥石屋は初めての小籐次だが、板目屋の番頭は小籐次のことをとくと承知で、

「愛刀は次直とお聞きしましたが、次直の研ぎをなされますか」

「そうではない。かような懐剣の手入れを頼まれてな」

と小籐次は子次郎から預かった相州五郎正宗の懐剣を見せた。

「ほう、これはまたなかなかの逸品ですな、拝見してよろしゅうございますか」

と番頭が願い、懐剣の刃文などを子細に観察して仕上げ砥石をあれこれと選んだ。

「望外川荘で手入れなされますか」

「いや、ちと用事があってな、高尾山に参るで、霊山の琵琶滝の研ぎ場でこの懐剣の手入れをしようと考えたのだ」

「となりますと、拭いもあちらでなされますかな」

「いや、金肌拭い(かなはだ)と磨きは旅から戻ったあと、須崎村にてなそうと思う」

と小籐次が述べると、

「ならばこの辺りがようございましょう」

と番頭が三種の仕上げ砥、それもきめ細やかな砥石を選んでくれた。

「いくらかな」

「赤目小籐次様でなければ、十二両二分と申し上げるところですがな、八両二分でいかがにございましょう」

「ここに十両用意した。金肌拭いの道具を高尾山から戻った折に揃えてくれぬか。足りなければその折、払おう」

「どうやらこの十両は研ぎの前金ですかな」

「まあ、そんなところだ」

「赤目様、噂に違わず商いはお上手ではございませんな」

と番頭が苦笑いした。

三

高尾山薬王院に出立する前夜、赤目小籐次と駿太郎親子は、久慈屋に泊まった。大番頭の観右衛門だけが一階の一人部屋で、その他の番頭以下久慈屋の住込み奉公人は、店の二階だ。

須崎村から出立当日の未明に出てくるより久慈屋に泊まったほうが安心というので、こうなった。当初親子は、新兵衛長屋の仕事場に泊まろうと考えていたが観右衛門に、

「夕餉のあと、いくら近いとはいえ長屋に戻り、また早朝出てくるのは面倒でございましょう。偶には店に寝るのも一興です」

と勧められてかような経験をすることになった。

むろん同行する桃井道場の年少組五人と、目付方を自任する見習与力の岩代壮

吾たちは、八丁堀の役宅から、七つ時分に六人うち揃い久慈屋にくることになっていた。

すでに久慈屋の店の土間には六台の大八車と主の昌右衛門以下、高尾山に向かう一統の私物を載せる予備の大八車の都合七台が並んでいた。また店の板の間には大量の紙束が丁寧に包装されて積み込むばかりになっていた。

ちなみに昔小籐次が高尾山行に使った大八車より、今回のものは車体も車輪も頑丈で、その分荷が多く積めた。

久慈屋から今年高尾山薬王院に向かうのは、昌右衛門、手代の国三と後見方の赤目小籐次、駿太郎の親子に八丁堀の岩代壮吾と五人の年少組、大八車の車力の十四人と、二十四人の大勢だ。この話が薬王院から伝えられた当初、久慈屋からは手代や小僧を数人加えようかと大番頭も昌右衛門も考えていた。ところが後見の小籐次に駿太郎が従うことがきっかけで八丁堀の六人が加わったゆえ、昌右衛門と国三の二人だけになったのだ。

店の板の間にはその国三と駿太郎が寝ることになった。

この夜、国三はえらく無口だった。

御用旅に桃井道場の年少組が加わったので、あれこれと案じてのことかと思っ

た。すぐには寝付けない風に駿太郎が、

「国三さん、どこか加減が悪いのではありませんか。もしそうならば、旅はどなたかと代わってもらったほうがよくはありませんか」

と遠慮気味に聞いた。

「えっ」

有明行灯(ありあけあんどん)の灯りで駿太郎を見た国三が、

「代わるなどとんでもありませんよ」

「でも、病ならば無理することはありません」

「駿太郎さん、勘違いです。最前、旦那様と大番頭さんと赤目様がお酒を飲まれている席に呼ばれましたね」

「はい」

駿太郎が返事をしたが、国三はさらに話すべきかどうかを迷っているのか、しばらく間を置いた。そして、

「駿太郎さんならばだれにもお話しなされますまい」

と己に言い訳した国三が、

「旦那様から、この御用旅が無事に終わったら、見習番頭にすると申し渡された

のです」

駿太郎は一瞬驚くとともに、さもありなんと思った。

「それはいい話ではありませんか」

「つい上気したのかそのせいで眠れませんでした。駿太郎さんに気遣いさせたようですね。このことを胸に仕舞いきれなかったんです」

「おめでとう、国三さん」

「ありがとう。あれこれと回り道をしましたが、なんとか見習ですけど番頭になれそうです。この私に番頭が務まるかどうか最前から案じておりました。駿太郎さんに話をしたら気が少し楽になりました」

「国三さんならばすぐに見習の二文字がとれて立派な番頭さんになれます」

と駿太郎が請け合った。

老舗の大店に務める奉公人は、番頭に就いてはじめて一人前の商人として世間に認められた。

国三は、小僧時代に芝居に夢中になって、ある日、御用の途中で突然行方をくらまし、深夜、二丁町の芝居小屋の前で、

ぼおー

と名題役者の看板を眺めているところを発見されるという失態を演じ、常陸国西野内村の久慈屋の本家に三年余り、紙漉き修業にやらされたことがあった。この挿話はいつぞや父親の小籐次から駿太郎は聞かされていた。国三がいう回り道とはそのことだろう。

「明日からしっかりと御用旅を果たしましょう。こんなことならば、桃井道場の仲間に高尾山行のことをお喋りするのではなかったな。国三さんに負担がかかり、迷惑をかけることになるかもしれませんからね」

「駿太郎さん、それは違います。駿太郎さんのお仲間の面倒をみるくらいなんでもありません。旦那様もご一緒だし、後見方に赤目小籐次様がおられます。それに駿太郎さんもね、これほど心強い陣容はありませんよ。見習とはいえ番頭になるなんて、私にできるかと思うとつい気が重くなったのです」

「大丈夫、国三さんならば必ず久慈屋の立派な番頭さんになります、不安ならば見習のうちにあれこれ学べばいいんです。久慈屋さんには若い旦那様と大番頭さんの二人の師匠がおられますからね」

駿太郎の念押しの言葉に頷いた国三が、

「駿太郎さんと話をしたら眠たくなりました」

「有明行灯も消してよいですね」

と駿太郎が灯心の灯りを吹き消した。

しばらくすると国三の寝息が聞こえてきて、駿太郎も眠りに就いた。

翌朝、七つの刻限、国三と駿太郎はほぼ同時に起きると夜具を片付け、枕元に用意していた身仕度をすると、二人で店の大戸を開けた。

東の空が白み始めて、天気がよいことが分かった。

まず二人で大八車を土間から店の外に出して七台を河岸道に並べていると奉公人たちが起きてきて手伝いを始めた。さらに岩代壮吾に率いられた桃井道場の五人組が姿を見せた。

壮吾らは大刀か脇差を一本差しにしていた。むろん駿太郎も孫六兼元を携えていくつもりだった。

「ご一統様、駿太郎さん、お早うござる」

北町奉行所の見習与力の壮吾が挨拶したが、年少組の五人は未だ完全に眠りから覚めていないのか、ぼうっとしていた。そこへ久慈屋の出入りの車力たちが姿を見せて親方の八重助(やえすけ)が国三に、

「手代さん、道中よろしくお付き合い下され」

と挨拶した。

「八重助親方、こちらこそよろしくお願い申します」

と挨拶を返した。

車力たちは幾たびも高尾山薬王院に品納めに行っているので慣れたもので、店の板の間に積まれた品を六台の大八車に手際よく積み込み始めた。

駿太郎もいっしょになって働いたが、壮吾と祥次郎ら五人は、なにをどうしていいか分からずただ立ち尽くしていた。そこへ観右衛門と小籐次が現われ、

「旅日和ですな。紙の大敵は雨ですからな、道中雨だけは勘弁してほしいものです」

「大番頭どの、どうやら天気には恵まれているようじゃ」

と小籐次も応じていた。

「大番頭どの、われら、なにをすればよろしかろうか」

壮吾が困惑の顔で尋ね、

「岩代様、積み込みは慣れた者でないとできません。皆さん方の仕事は店を発ってから始まりますでな、しばらくお待ちくだされ」

と観右衛門が応じた。

駿太郎が包みを大八車に運んで店に戻り、小籐次を見て、

「父上、私ども年少組六人の刀は外して各自の大八車に積んでおいてよろしいですね」

と念押しした。

昨日のうちに、刀を腰に差して道中するのは小籐次と壮吾の二人だけで、駿太郎以下の年少組は刀や脇差を大八車に積み込んでいくことを親子の間で決めていた。

「大八の後押しをするのに刀は邪魔になるでな、刀を差していくのはわしと岩代壮吾どのだけでよかろう。紙問屋の大八車に刀を差した若侍が何人も従うのはおかしいでな」

壮吾らにも事情が分かるようにいう小籐次の返答を聞いた駿太郎が孫六兼元を外して一番目の大八車の紙束の間に突っ込んだ。親子の言動を見た壮吾が、

「おい、そなたらも刀を外して積み込め」

と年少組五人に命じてそれぞれの差し料が残り五台の大八車に隠すように積まれた。最後の大八車には主の昌右衛門と国三の私物や薬王院への供物などが載せ

られた。

大八車には品物の紙束が積まれて茣蓙がかけられた上に麻縄でしっかりと固定された。紙にとって大敵は雨だ。上々の天気で雨は降りそうになかったが、雨を弾く油紙も用意されていた。

旅仕度がなったところで昌右衛門が姿を見せた。

「旦那様、出立の用意が出来ました」

と国三の声に、駿太郎が一番手の大八車の後押しに就いた。その大八車には使い慣れた木刀も積まれていた。なにか事が起こったとき、刀よりまず木刀で対応しようと思ってのことだ。また先頭の車には、

「高尾山薬王院有喜寺御用　江戸紙問屋久慈屋」

の立て札が掲げられた。

大八車の一番手の引き手は八重助、後押し方は左吉だ。駿太郎は久慈屋に出入りしている車力とは顔見知りだった。そこで、

「八重助親方、左吉さん、よろしくお願いします」

と挨拶した。

「駿太郎さんを始め桃井道場の門弟衆の後押しとは、恐れ多い話ですな」

と十三人の車力を統べる八重助親方が応じた。

八重助は、駿太郎の仲間が町奉行所の子弟であることを承知していた。また小籐次が昔同行した車力の権ノ助親方の倅だったが、駿太郎はそんなことまでは知らなかった。

二番手以下の大八車には一人ひとり年少組が緊張の体で従った。先頭を昌右衛門と小籐次が進み、最後尾の大八車には国三と壮吾が付き添うことに決まった。この二人は、坂道など、大八車が上がれない折の援軍だった。

留守番に回った大番頭の観右衛門が、

「旦那様、赤目様、ご一統、怪我や事故などなく無事に高尾山に到着することを祈っておりますぞ」

と大勢の奉公人や女衆と見送った。

七台の大八車が動き出す直前、二台目の大八車に従う祥次郎が駿太郎のところに駆け寄ってきて、

「駿太郎さん、朝めし抜きで旅をするのか」

と小声で聞いた。

「祥次郎さん、心配はいりません。内藤新宿に朝餉の用意はしてあるそうです。

ひと仕事したあとの朝餉はおいしいですよ」

と駿太郎に言われて、

「ああ、よかった。おれ、ずっと腹を減らしたまま車を押すのかと思った」

と言い残して自分の大八車に戻っていった。

「八丁堀の若侍衆は初めての旅のようですな」

と八重助が駿太郎に笑いながら尋ねた。

「はい」

と駿太郎が答え、久慈屋の御用旅が動き出したとき、

「親父どのはどうしてござる」

と小籐次が八重助に尋ねた。

「赤目様はうちの親父と高尾山薬王院に同道したんですってね。懐かしがっていましたぜ」

「親父どのは元気であろうな」

「へえ、元気にしておりやす。こたびの御用も親父は赤目様が同行されると聞いて行きたい様子でしたがね、大番頭さんがお店で留守番と聞いて、『もうおれも歳じゃ、しゃしゃり出る幕はねえか。どこも代替わりだ、おまえが行ってこい』

と命じられたんでさあ」

「そうか、そなたのところも代替わりか。となると歳も考えずに従うのはわしだけか」

と小籐次はどことなく寂し気に呟いた。

「赤目様、久慈屋さんも先代が隠居してさ、八代目の若い旦那になりました。失礼ながら久慈屋さんもうちも代替わりしても差し障りはございませんや。だがね、ただ今のところ酔いどれ小籐次様の代わりは見当たりませんや。駿太郎さんが親父様の代わりを務めるには七、八年、いや十年はかかりましょうな」

と八重助が正直な気持ちを口にし、

「そうですね、駿太郎さんは未だ十三歳ですからね。赤目様に少なくとも十年は頑張ってもらわねば、江戸の方々は得心しますまい」

と昌右衛門が言った。

「十年な」

と小籐次が漏らしたとき、久慈屋一行は最初の難所葵坂に差し掛かっていた。

だが、駿太郎たちは事前に大八車の後押しの稽古を積んでいた。ゆえに難なく登り切った。溜池を右手に見て筑前福岡藩の江戸藩邸のかたわらのだらだら坂を進

む と、江戸での最難関、御三家紀伊徳川家の居屋敷脇の紀伊国坂が一行を待ち構えていた。

弁慶堀北側の外堀渡口の食違いまで上り四十間、幅七間余の坂道だ。

いったん行列が坂道下で止まり、最後尾を歩く国三が先頭へと走ってきて、二番目の大八車の三人に助勢を命じ、自分も後押しに加わった。

駿太郎の傍らにはきょときょとと落ち着かない顔付きの祥次郎がきて、

「駿ちゃん、大八車を押すのは容易いことではないな」

と小声で言った。駿太郎は、

「祥次郎さん、ここにきて一緒に押してください」

と隣に入らせ、一番目の大八車が坂道を上がり始めた。

「剣術の稽古よりきついですか、祥次郎さん」

駿太郎が後押しをしながら尋ねた。

「うん、どちらもきついけど、大八を押すのにこれほど力を使うとは考えもしなかったんだ。それに表でこんなことしたことがないだろ」

「恥ずかしいですか」

「ちょっとね」

「まだ表に人がいませんよ。内藤新宿に着くとたくさんの旅人やお店の人が往来しています」

「若い娘もいるかな」

「いるでしょうね。どうかしましたか」

「娘に見られたらさ、恥ずかしくないか、駿ちゃん」

駿太郎は、くすくすと笑った。だが、大八車の後押しの力を抜くことはなかった。祥次郎は、駿太郎の顔を見ながら押す格好だけをしていた。

「おかしいか、駿ちゃん」

「祥次郎さん、若い娘さんも宿場を通り抜ける旅人もそれぞれが忙しいのです。大八車をだれが押しているかなんて見ていませんよ」

「そうかな」

「祥次郎さん、大八車を押すことも剣術の稽古と思えばいいんです。足腰が鍛えられますよ」

「えっ、車押しが剣術の稽古か」

「はい、どんな仕事も体を動かすものならば剣術の修行に役立ちます。ならばだれに見られても恥ずかしくはないでしょう」

「そうか」

　と祥次郎が答えたとき、最初の大八車は紀伊国坂の頂に辿りついていた。

　駿太郎は国三といっしょに二番目の大八車が上がってくるのを見ながら、坂下に走り下り、止まっていた三番目の大八車の手伝いに加わった。

　駿太郎が助勢に加わり、三番目が坂道へと上がっていき始めた。その大八車の年少組の担当は森尾繁次郎だった。

「おれ、駿太郎さんの強さが分かったよ」

　後押しをしながら繁次郎が駿太郎に話しかけた。

「おや、私の強さがどうして分かりました」

「駿太郎さんはさ、舟の櫓を漕ぐときでも大八車の後押しも手を抜かずに力を出しきっているもんな。おれたちは道場でしか力を使ってない、それもいい加減にさ」

　繁次郎が顔を真っ赤にして大八車の後押しをしながら言った。

「どんな仕事も大変ですよね」

　とだけ答えた駿太郎らが二度目の紀伊国坂を上がりきったとき、祥次郎が兄の壮吾に叱られたか兄の刀を手にしょんぼりしていた。

「どうしました、祥次郎さん」

「兄者に殴られた」

と今にも泣きだしそうな顔付きだった。

駿太郎が坂下を見ると、一台の大八車の後押しに弟に代わって壮吾が加わっているのが見えた。

「壮吾さんの刀ですね」

と確かめた駿太郎は祥次郎から刀を受け取り、

「父上、預かってください」

と坂上の木陰に昌右衛門と一緒に並んで立つ小籐次に願うと祥次郎の手を引いて紀伊国坂を駆け下っていった。すると坂の途中で壮吾がちらりと弟を見た。

坂下の大八車の助っ人に加わった駿太郎と祥次郎は、

「こんどは力を抜かず押し上げますよ」

「うん、そうする」

祥次郎が答えて大八車の後押しを始めた。

「その調子です。なんでも中途半端な力の出し方は危険ですからね。一緒に働く人にも迷惑をかけます」

と祥次郎に諭した。

その様子を見ながら兄の壮吾が坂下に戻っていった。駿太郎と一緒に大八車の後押しをする弟になにが起こったのか、察した様子だった。

坂上からは小籐次と昌右衛門がその光景を見ていた。

昌右衛門は、紀伊国坂を目の前にしたとき、羽織を脱ぐ仕草をした。どうやら手伝う気持ちらしいと悟った小籐次が、

「主どの、お止めなされ。もはやそなた様は昔の浩介さんではございませんでな、ただ今は久慈屋の八代目昌右衛門様でござる。何事も頭と手下では動きは違いまする。辛くても頭は全体の動きを見ているのが務めにござろう。力仕事は車力の八重助親方や国三さんに任せて黙ってみておられることです」

と止めた。

「いかにもさようでした。つい昔の癖で動きたくなります」

と昌右衛門が苦笑いした。

四

久慈屋一行は五つ（午前八時）前に内藤新宿追分にある馴染みの旅籠明神屋で朝餉を摂った。

明神屋には二十数人の大勢で邪魔することを前もって文で知らせてあった。ためにほかほか炊き立ての飯にぶり大根に野菜の煮つけ、味噌汁の膳が直ぐに供された。

七台の大八車は見える場所においてある。

久慈屋一行の他にも江戸を発つと思しき旅人たちが朝餉を食していた。

急ぎ食べ終えた一行は厠を交代で使わせてもらい、最後の岩代祥次郎が店裏の厠に向かった。なにしろ次男坊の祥次郎は、なにをやるにしてものんびりとしていた。朝餉を食べ終えたのは祥次郎が最後、ゆえに厠も一行の最後になった。

用を足した祥次郎が手を洗っていると、傍らに人影が立った。

「今いくよ」

兄の壮吾か年少組の頭分繁次郎が呼びにきたと思い、顔も上げずに応じた。

「祥次郎、おめえら久慈屋の大八車の後押しをして日当はいくら貰えるんだ」

と聞き覚えのある声がした。

祥次郎が横を振り向くと年少組先代の頭分だった木津留吉が立っていた。

「あれ、留吉さんだ。留吉さんも大八車の後押しに呼ばれたのか」

「相変わらず祥次郎の頭の釘は何本もぬけているな」

「えっ、頭に釘なんてないよ」

「アホ」

と留吉が祥次郎を詰（なじ）った。

「おめえの兄貴は口数も多いし手も早いし厄介もんだ。だが、弟はまるで抜け作のうえに頓珍漢といっているんだよ」

「トンチンカンってなんですか」

「もういい」

と応じた留吉を祥次郎はとくと見た。

八丁堀を去ったあと、どこぞのお店に小僧奉公したはずだが、直ぐに辞めたと聞かされたことを祥次郎は思い出した。

「留吉さん、真綿問屋の奉公を辞めたんだよね、内藤新宿にお店替えしたの」

「祥次郎って奴は相変わらずボケナスだぜ。おれが聞いてんのは、久慈屋の手伝いしていくら銭がもらえるかってことだよ」

「ああ、そのこと。日当はなしだよ」

「なに、あれだけの大店が日当なしか」

「あのね、この話、おれたちのほうから駿太郎さんに願ったことなんだよ。駿太郎さんなら分かるだろ。部屋住みの身でさ、旅なんてできないよね。留吉さんなら高尾山に品を納めに行くのに従うと聞いてさ、おれたちも行けないかな、と相談したんだ。そしたらさ、驚いたことに奉行所も親父も久慈屋もさ、あ、そうだ、桃井道場の先生も世の中を見るのは修行になるゆえ、赤目小籐次と駿太郎さん親子に従ってよしって許しが出たんだよ。だから、日当なんかはなしなんだ」

「ただ働きだと、繁次郎も由之助も承知したのか」

「そうだよ。だけどさ、紀伊国坂じゃあさ、紙を積んだ大八車を押し上げんのは大変だったよ。紙って重いんだよ、知っている」

「兄貴の壮吾に頭を叩かれていたな」

「あれ、見ていたの」

と驚きの表情で留吉を見た祥次郎は、留吉の風体が明らかにお店を辞めた小僧のものではないことに気づいた。どちらかというと、町奉行所の厄介になりそうな風体だった。

「祥公、久慈屋の主は大金を持っていような」

「ううん、そんなこと知らないよ。だって品物を高尾山の薬王院に納めに行くんだよ。支払いをするのは先方だよね。帰りは紙代を持っているかもしれないね」

「そうか、帰りは大金を持ってやがるか」

「留吉さん、そんなこと聞いてどうするんだよ」

「世間に出て分かったぜ、この世は金さえあれば与力も同心もどうでもいい。久慈屋は老舗の上に大店だ。大八車六台分の紙代となると、大金だよな。ともかくおりゃ、大した金稼ぎを見つけたのよ」

「へえ、どうしたら大金を稼げるの」

「そんなことは忘れな」

「やっぱり留吉さんはおれたちの仲間になりたいんだ」

「八丁堀の部屋住みの仲間に戻ってどうするよ。おれにはすでに仲間がいるんだよ」

と言い放った留吉が懐に手を突っ込んだ。

「祥次郎、おめえら、刀も脇差もなしで旅か」

「だって大八車の後押しだよ、脇差なんて邪魔だよ。それにおれたち桃井道場の年少組が修行に旅するというんで、ほら、久慈屋の半纏を着てんだろ」

と祥次郎が半纏の両の袖を広げて見せた。

そのとき、

「祥次郎さん」

と駿太郎の呼ぶ声がした。

「おい、祥公、おれと会ったことをだれにも話すんじゃないぞ。もし話してみな、こいつをおまえのどてっ腹にお見舞い申すぜ」

と留吉が襟元から匕首（あいくち）を三、四寸抜いて見せた。

ごくり、と唾を飲み込んだ祥次郎が思わず、うん、と返事をすると留吉は明神屋の裏手の路地へと姿を消した。

「祥次郎、おまえ、ご一統さんをいつまで待たせる気か。今日じゅうに府中宿まで行かなきゃあならないんだぞ」

と兄の壮吾が姿を見せて前帯に差した白扇で頭をこつんと叩いた。

「痛いよ、兄者」

「兄者ではない、兄上と呼べ。それから駿太郎さんを駿ちゃんなどと気易く呼ぶのではない、分かったか」

「わ、分かったよ、兄上」

と祥次郎が応じた。

「おまえ、ご一統に迷惑をかけていることが分からぬか。分からないのならば、この内藤新宿から一人で八丁堀に帰れ」

と命じた。

「兄上、おれ、一人で八丁堀に帰るなんて嫌だよ。みんなと一緒に高尾山に行きたいよ」

「ならば何事も素早くこなせ。分かるか、兄のいうことが」

「分かったよ、兄上」

「分かりました、だ」

「はい、分かりました、兄上」

と祥次郎が答えたとき、

「壮吾さん、祥次郎さん方は初めての旅でしょう、いささか手間取っても致し方ありません。段々慣れていきますよ」

と兄弟を迎えにきた駿太郎が言った。

「駿太郎どのが優しいものだから、弟め、甘えておるのです」

と壮吾が言い、

「これから気をつけます」

駿太郎が詫びた。明神屋の前に仕度を終えて待っていた一行へ壮吾が、

「ご一統、お待たせ申しました。弟め、初めての旅に上気しておりましてご一統様にご迷惑をおかけ申しました」

と頭を下げ、弟を睨んだ。

「ご免なさい。次から早く厠に行くようにします」

と祥次郎が謝罪した。

その間に駿太郎は年少組の頭の森尾繁次郎のところへ行き、

「繁次郎さん、祥次郎さんと車を代わってもらっていいですか」

「なに、おれが二番目の後押しを務めればいいんですね」

と岩代兄弟の様子を窺った繁次郎が二台目の大八車の後押しに回り、

「祥次郎さん、私のそばでいっしょに後押しをしましょう」

と駿太郎が誘った。

六番目の大八車には桃井道場の年少組はいなくなったが、傍らには国三と壮吾が控えていた。大八車が苦労していると知ったら、当然、どちらかが助勢すると駿太郎は考えたのだ。

「えっ、駿太郎さんの隣か」

どことなく安心した顔付きの祥次郎が一番目の大八車の後押しに代わった。

「ご一統さん、出発しますぞ」

国三の声が響き、再び久慈屋一行の七台の大八車が動き出した。

「駿太郎さん、ご免な。おれのために兄者に嫌味を言われてさ」

と祥次郎が詫びた。

「祥次郎さんはいいですね、ああやって叱ってくれる兄上がおられるのですから。私は物心つく前から、新兵衛長屋で育ちました。ずっとお夕さんが私の姉と思い込んでいました。でも、お夕さんが私の姉ではないと気付いたとき、無性に寂しくなったことがありますよ」

「駿太郎さんには、赤目小籐次様って親父様がいるじゃないか。それにさ、美しいと評判のおりょう様って母上もおるんだろ」

「はい」

「どうして赤目様の内儀がさ、駿太郎さんの母上なのか幾たび話に聞かされても分からないよ」

「それは私だって養母がりょうだなんて長いこと信じられませんでしたからね」

「だよな」

と応じた祥次郎が、

「今晩泊まる府中までどれほどあるんだ、駿太郎さん」

と関心はあちらこちらへと飛んだ。旅に出て未だ上気しているのだ。

「六里以上残っていると思いますよ」

駿太郎が身延山に旅した記憶をおぼろげに引き出して答えた。

「駿太郎さん、そのとおりだ。いいかえ、八丁堀の若様よ、この内藤新宿から下高井戸、上高井戸、国領、下布田、上布田、下石原、上石原ときて、次なる宿場が府中宿だ。わっしらは芝口橋から内藤新宿まで二里しかきてねえ」

と左吉がさすがに江戸外れの甲州道中の道筋をすらすらと上げた。

「ええっ、まだそんな残っているのか」

と祥次郎が驚いた。

「八丁堀の若様よ、大名行列だって一日八里から十里を道中するんだぜ。八里なんて女衆だって歩かれますぜ」

「府中に泊まって高尾山までまた八里か」

「いえね、六里ほどでしたかね、だがよ、多摩の流れの川渡しがありますから、明日だってそう楽じゃない」

「とすると江戸から府中まで八里ほど、さらに明日が六里ほどか。駿太郎さんは丹波篠山に旅したんだってな、高尾山より遠いのか」

祥次郎の言葉に左吉が笑い出した。

「京の都からさらに二泊ほどして辿りつくのが丹波国篠山です」

駿太郎が答えると祥次郎が長いこと黙り込んでいたが、

「駿ちゃん、すごいな」

と漏らした。

内藤新宿を出ると街道の左右が急に開けて、長閑な景色へと変わった。坂道も紀伊国坂ほど急ではなかった。

「祥次郎さん、尋ねていい」

黙り込んで大八車に手を当てて押す格好をしている祥次郎に問うた。

「尋ねるってなにをだい。街道のことならば駿太郎さんがおれよりよく知っているよ」

「甲州道中の話ではありません。内藤新宿でどなたかに会いませんでしたか」

駿太郎の問いに大八車から両手を離した祥次郎が、

「あわあわわ」

と驚いて、

「駿ちゃん、見ていたのか」

と反問した。頷いた駿太郎が、

「私の見間違いでなければ祥次郎さんを引き留めて話していたのは、木津留吉さんですよね」

「見られていたのか、駿ちゃんに。ああー、まさか兄者が見たってことはないよな」

「壮吾さんが見たのならあの場で問いただされたでしょう」

「だよね、兄者のことだからこっぴどく叱ったよな」

と応じた祥次郎に、

「祥次郎さん、なにを話したか私にすべて話してくれませんか」

と願った。

祥次郎はちらりと左吉を見た。

「左吉さんは久慈屋出入りの男衆です。信頼してもいい方です」

しばし迷っていた風の祥次郎だが、ぼそりぼそりと話し始めた。話があちこちに飛んだり、また同じ話を繰り返したりしたが、四半刻もしたころ、なんとか祥次郎と留吉の問答が知れた。

「祥次郎さん、留吉さんは内藤新宿でなにをしていたんです」

駿太郎が繰り返し念押しして聞いた。

「いや、八丁堀の屋敷を追い出されたあと、どこかに小僧奉公に出たよな」

「岩倉町の真綿問屋摂津屋与兵衛様方でしたね」

「そうだ、その真綿問屋だ。そいつも辞めているよな、だっておれたちのあとを追って内藤新宿にいるんだよ」

「留吉さんはひとりで動いていると思いますか」

「いや、仲間がいるといったよ」

「やはりそうでしたか」

と応じた駿太郎は、

「祥次郎さん、留吉さんに脅されてこの一件を黙っている心算でしたか」

「駿太郎さんほどおれ強くないしさ、脅されて黙っているのもいけないような気もするしさ、ずっと迷っていたんだ」

と漏らした祥次郎が、

「あっ、駿太郎さん、おれが言い出すのを待っていたのか」

と反問した。

「私どもは久慈屋の旦那様以下、全員が心を一つにして高尾山薬王院有喜寺に向かう主従、いえ、仲間です。この一件は、祥次郎さんは壮吾さんか私に自ら告げるべきでした。大事が起こってからでは遅すぎます」

駿太郎の口調は穏やかだったが表情は険しかった。

「隠すつもりはなかったんだよ、駿太郎さん。ただ、どうしていいか分からなかったんだよ、おれ」

と祥次郎が言い、

「この一件、私から昌右衛門さんと父上に伝えていいですね」

と駿太郎が迫った。

「分かったよ、駿太郎さん」

と答える祥次郎ごしに駿太郎の顔を見た左吉が、それがいい、というように頷いた。そのとき、祥次郎は留吉が大金を稼ぐといったことを駿太郎に言い忘れていたことを思い出した。いや、言えなかった。

一方、駿太郎が先頭を歩く昌右衛門と父親のもとへ行こうと大八車から手を離したとき、昌右衛門と肩を並べて歩く小籐次のもとへ菅笠を被った着流しの男が、

すっ

とまるで春風のように寄っていった。

「おや、珍しいご仁じゃのう。過日、久慈屋の手代さんが、『それがし、しばし江戸を離れる』と伝えなかったか」

「へえ、確かに手代の国三さんから聞きました」

「わしの言葉が信用できぬか」

「とんでもねえ」

「ならばなんだな」

「江戸でね、久慈屋さんの御用旅のことを気にしている輩(やから)がいると、小耳にはさみましたんでね、お節介とは思いましたがあとをつけてきましたんで」

「蛇(じゃ)の道は蛇(へび)か」

「へえ、まあ、そのようなことで。もっとも天下の赤目小籐次様と駿太郎さん親

子が同道されているんだ、迷惑ならばこのまま江戸へと引き返しますぜ」

と子次郎が言った。

「子次郎さんや、勿体ぶることもあるまい。話したければ話してくれぬか」

「最前の内藤新宿でね、八丁堀の若侍といいてえが、部屋住みの若い衆の一人が半端者にとっ摑まっていたんでさ。どうやら、二人は桃井道場の昔仲間でしょうかね、留吉って名に赤目様は覚えがございますかえ」

「覚えがないのう」

「部屋住みの折、同心の形に扮して芝居小屋にただで入ろうとして見つかり、八丁堀の屋敷を追い出された野郎でさ」

「おお、その者、わが息子の剣術仲間ではなかったか。確か真綿問屋に奉公に出たとたれぞに聞かされたがのう」

「店の銭をくすねているのを見られ、即刻お店から追い出されましたんで」

「なんとのう」

二人の問答を昌右衛門が黙って聞いていた。むろん昌右衛門もこの子次郎と名乗った男が久慈屋の店先の研ぎ場に姿を見せたところを見ていたゆえ承知していた。

「奉公人も役人も一つ位が上がって出世するには何年もかかりましょう。なのに八丁堀の部屋住みが屋敷から追い出されて、奉公先を父親の縁で得たというのに、そいつが何日もしないうちに在所もんのワルの手下になって、久慈屋さんの御用旅に目をつけたようでしてね。ただ今のところ、この程度しかわっしも知りませんので。もし酔いどれ様が調べよと命じられますならば、動いてみますがね」

と子次郎が言った。

「そのほう、わしの客であったな。十両を前払いしてもらった」

「その十両はすでに浅草の砥石屋に消えましたな」

「なんでも承知じゃな」

「へえ」

「やはりわしが信頼できんか」

「とんでもねえ。久慈屋さんを訪れて赤目様にお会いして以来、わっしは酔いどれ小籐次様に惚れましてね」

「子次郎、わしには妻(さい)がおるわ」

「へえ、おりょう様という美形の歌人がね。男が男に惚れるのは情じゃねえ、粋でもねえ。俠気(おとこぎ)かねえ」

と子次郎が言った。

「そのほう、目が悪くはないか。医者に診てもらえ」

「となると、おりょう様も目が悪うございますかえ」

と言い残した子次郎がすっと甲州道中の貧しい家並みの陰に消えていった。

「赤目様、騒ぎなくして御用旅は終わりませんね」

と昌右衛門が声もなく笑ったとき、

「父上、お話が」

と駿太郎が二人の傍らに来た。

「木津留吉なる者の話かな」

「おや、ご存じでしたか」

「お節介者が話していったわ。話してみよ、そなたの知ることを」

と小籐次が命じ、駿太郎は祥次郎から聞き出した話を手際よく二人に述べた。

その話を聞き終えた昌右衛門が、

「高尾山薬王院有喜寺の御用旅に不穏な気配が襲いかかりますか」

と平然とした口調で言った。

第四章　壮吾の覚悟

一

久慈屋一行は淡々と進んでいた。

「父上、駿太郎になにかやることがございますか」

小籐次は何事か沈思し、昌右衛門も無言だった。とはいえ二人に強い緊張があったわけではない。江戸をよく知らない関八州からの流れ者がどの程度の力か分からない以上、しばし様子を窺うしかあるまいと考えている表情だ、と駿太郎は推量した。

初夏の光が降りそそぎ、内藤新宿の次なる宿場の下高井戸宿が迫っていた。小籐次の頭にはいつものように破れ笠(やれがさ)があり、手造りの竹トンボが何本か差し込まれていた。

　不意に小籐次が口を開き、

「駿太郎、旅慣れぬ者に陽射しは堪(こた)えよう。国三さんに願ってそなたの仲間に菅笠をかぶらせよ」

　と命じた。

「分かりました」

「妙な輩の襲来より、そなたの仲間が旅に慣れるのが本日の大事なことじゃ。草鞋も履きなれていまい。肉刺(まめ)をつくった者はおらぬか、草鞋ずれをしていないか五人それぞれ確かめてみよ」

「そう致します」

　駿太郎はまず一番目の大八車の後押しをしている祥次郎の足元を見た。

「祥次郎さん、草鞋ずれはしていませんか」

「駿太郎さん、親父様はなんと言ったよ」

　祥次郎は草鞋ずれよりそちらを気にかけていた。

「すでに木津留吉さんが祥次郎さんと話していたことを承知していました」

「えっ、親父様はなぜ承知なんだ。まさか兄者に告げたということはあるまいな」

祥次郎は一行の最後にいるはずの壮吾のほうを見た。

「父がだれから聞いたか言えません。私もよく知らないのです。また父が壮吾さんに告げることは今のところありません。それより足は大丈夫ですか」

「草鞋の紐がさ、甲に当たって痛いや」

やはり草鞋ずれを起こしていた。桃井道場の年少組五人は旅なれないうえ、素足に草鞋を履いていた。駿太郎が最初に旅した折、足袋の上に草鞋を履かされた記憶があった。また昨年の丹波篠山行の折には、京屋喜平の職人頭が誂(あつら)えてくれた革製の草鞋履きで歩きとおした。だが、こたびは仲間に合わせて、おりょうが藁紐に古布を巻いてくれた草鞋を履いており、革草鞋は高尾山登りのために荷のなかに携えてきていた。一方、五人の剣術仲間は旅が初めてであり、草履の紐の結び方も家人に教わったという。

「しばらく我慢してください。この次、休息する折に治療をしてあげます」

と応じた駿太郎に左吉が、

「駿太郎さん、次に休息するとしたら下高井戸だな。あと一里ちょっとあるぜ」

「分かりました。国三さんと相談します」

六台の大八車にそれぞれ加わった桃井道場の年少組のなかで十三歳の吉三郎と嘉一は足を引きずっていた。一歳年上の繁次郎と由之助はなんとか耐えていたが、すでに額が汗で光っているのが分かった。

行列の最後尾で駿太郎の動きを気にかけながら六番目の大八車の後押しをしていた国三が、

「駿太郎さん、なにかありましたか」

「いまのところはなにも。ただ、陽射しが強くなったので菅笠を皆に配ったほうがよいと父上がいうております」

「あっ、うっかりしていました」

後押しの手を離した国三が最後に従う大八車に積んでいた菅笠を取りに向かった。

「駿太郎さんは旅慣れていますな」

車力のなかでもいちばん年長と思しき末吉が話しかけてきた。

「父上や母上の供で身延山や丹波篠山に旅をしたことがあります」

「なに、東海道を往来したってか。わっしらより旅慣れているわけだ。だがよ、部屋住みの兄さん方はいささか頼りないな」

最後尾に従う壮吾に聞こえないように小声で言った。もはや車力たちは岩代壮吾と祥次郎が兄弟であることを承知していたし、兄が呑気な気性の弟の行動をいささか過剰に気にかけていることを知っていた。

「私の仲間は皆、旅が初めてなんです、致し方ありません。行きは皆さんに迷惑かけるかもしれませんが許して下さい」

末吉が駿太郎の顔を横目で見ながら、

「うちにも同じ十三の餓鬼がいるがよ、とても同じ歳とは思えねえな。親父様の赤目小籐次様もえれえが駿太郎さん、おめえさんも大したもんだぜ」

と褒めてくれた。

国三が供物や旅の用具などを載せた七番目の大八車から真新しい菅笠を取り出し、

「駿太郎さんも被ったほうがいいでしょう」

と真っ先に菅笠を差し出した。

車力たちはそれぞれ被り慣れた菅笠や竹笠を腰に括り付けたり、すでに被っている者もいた。壮吾は御用に際して使う塗笠を被っていた。

「国三さん、菅笠くばりは私にやらせて下さい。紐の結び方を一人ひとりに伝えます」

「駿太郎さんのほうが旅慣れているからね、頼みます」

国三から菅笠をまず一つ受け取った。そして、手際よく手拭いで頭の上を覆うとその上に菅笠を被り、顎の下で紐をしっかりと結んだ。手拭いは剣術の稽古で防具をつけるときに必ずつけるから手慣れたものだ。

「確かに被りなれていらあ。伊達に東海道を往来したわけじゃねえってことがよく分かったぜ」

と末吉がしきりに感心した。

国三から残りの菅笠を受け取った駿太郎は、年少組の五人の一人ひとりに菅笠を渡し、被り方を教えていった。そうしながら十四歳の繁次郎も由之助も軽い草鞋ずれを起こしていることを見てとった。

「次なる宿場の下高井戸が見えてきました。少し休息をとるそうですから草鞋の紐ずれの薬を塗ってあげますからね」

と一人ひとりに声をかけていった。

最後が祥次郎だった。

「駿太郎さん、右足の甲が痛いよ、高尾山まで歩き通せるかな」

と弱気な言葉を吐いた。

「久慈屋に新しく奉公したお鈴さんは丹波篠山から京に出て東海道を江戸まで私たちと一緒に下ってきたんですよ。最初は大変でしたけど、四、五日すると私たち一家の歩みに合わせてこられるようになりました。娘のお鈴さんができたのです。祥次郎さん、草鞋に慣れたら旅が楽しくなります」

駿太郎は祥次郎の頭に手拭いをのせて菅笠を被せ、しっかりと紐で結んでやった。これで年少組は全員が菅笠を被ることになった。久慈屋の印半纏のせいもあって、八丁堀の子弟とはとても思えなかった。そんな様子を車力の親方の八重助が感心の体で見ていた。

駿太郎は手に残った三つの菅笠を手に、

「昌右衛門様も菅笠を被られたほうがよいのではありませんか」

と差し出した。

「内藤新宿を出る折に気付くべきであったな」

と小籐次が呟き、昌右衛門が菅笠を手慣れた様子で被った。手代時代から主一家の旅に同行していたから心得ていた。

「駿太郎、そなたの口から国三さんには木津留吉の一件をそっと告げておいてくれ。用心に越したことはないでな」

と小籐次が命じた。

畏まった駿太郎が再び最後尾の大八車に戻っていった。

かつて「高井堂」と呼ばれた武蔵国多摩郡下高井戸宿へと一同は入っていった。

本陣一軒旅籠三軒を擁する下高井戸宿の本陣冨吉屋源蔵方の傍らに聳える欅の大木の下で休息をとり、交代で水を飲んだ。

その折、駿太郎は国三に木津留吉の一件を告げた。

「赤目様親子が同行していることの意を汲めぬ流れ者たちに、八丁堀の部屋住みだった愚か者が加わっておりましたか。往来のある道中で騒ぎを起こすとなると、岩代壮吾様も同行しておられるのです、同心の木津家は苦しい立場に追い込まれますね」

国三は八丁堀の留吉の実家のことを最後に気にかけた。

「赤目様は駿太郎さんにかようなことを体験させるために桃井道場に入門を勧められたわけではないでしょうに困ったことです」

「いえ、父はどんなことも見聞きして学べと桃井道場の門弟に加わるように私に勧めたのです。でも、まさか高尾山薬王院行に剣術仲間が従ってくることまでは、父も予測はしていなかったでしょうね。昌右衛門様や国三さんに迷惑をかけてしまいました」

駿太郎が詫びた。

「いいえ、これもまた久慈屋の仕事の一つです。なにより赤目様や駿太郎さんと旅が出来るのですから、こんなうれしい話はありませんよ」

国三が駿太郎に気にかけなくてよいと言った。

「お仲間は、大八車に従うだけで必死です、今のところ周りの景色などなに一つ目に止める余裕はありませんね。無事に高尾山で仕事を終えたら、皆さんも旅の妙味が少しは分かりましょう」

「はい、私もそう思います」

国三は草鞋ずれの傷に塗る薬と古布やさらしや足袋を持参してきた。そこで駿太郎が年少組五人を呼び集め、国三と駿太郎が手分けして草鞋ずれの治療をした。そのうえで草鞋の紐に古い布を巻いて履かせた。祥次郎だけには足袋を履かせた。というのも傷が一番ひどかったからだ。

足袋問屋の京屋喜平の職人たちの造った足袋を国三がいくつか注文しているのを駿太郎は承知していた。

「皆さん、この周りを歩いて草鞋ずれの具合を確かめてください」

駿太郎の言葉に五人が木漏れ日の下を歩き回り、

「おお、これなら高尾山と言わず、京大坂までも歩いていけるぞ」

と繁次郎が感想を述べ、

「国三さん、駿太郎さん、有り難う」

と口々に礼を述べた。

「おお、そうだ、厠を借りてこよう」

祥次郎が内藤新宿のことを思い出したか、辺りをきょろきょろ見回した。

「祥次郎さん、立場(たてば)でも厠を貸してくれますよ。なにか言われたら久慈屋の者だといえば拒まれることはありません」

と国三が教えた。

「祥次郎さん、私も一緒します」

と駿太郎がいうと年少組全員が立場の厠に行くことになった。

立場とは宿場と宿場のあいだにあり、馬方や駕籠かきたちが休息したり、馬の交代をしたりするところだ。甲州道中の立場は江戸府内ではあまり見かけないような半裸体の駕籠かきや馬方たちがだらしない恰好で駿太郎たちを見ていた。

「江戸の紙問屋の車力はえらく若えな。これでものの役に立つのか。なんならわっしらが一日二分で代わってやろうか」

褌一丁で厠から出てきた大男の人足が驚きの声を上げた。するとこの言葉に思わず反応したのが与力家の由之助だ。

「無礼者、われらを何者と思うての雑言か」

と叫んだ。すると言われた人足が、

「なんだと、江戸の紙問屋がそれほどえれえか、鼻ったれどもが。なんなら、あそこに止めてある大八車を蹴倒してどぶ川に落としてやろうか」

と怒鳴り返した。

(しまった)

われらは桃井道場の門弟ではなく、久慈屋の日当なしの車力の助っ人だったと由之助は思い出し、困惑した。由之助がなにか言いかけたとき、駿太郎がすいっと人足の前に出て、

「親方、ご免なさい。仲間は旅に出てつい上気してしまったようです。お許しください」

と頭を下げた。

「なに、旅に出てじょうきたあ、なんだ、どこの言葉だ、江戸か。詫びるならば詫びる作法があろうじゃないか。この高井戸の大起(おおだち)の四郎左衛門の詫び料は高いぜ、それとも兄さん、土下座でもするか」

なにがしかの銭をとる相手が見つかったとばかり言い募った。

駿太郎は屈めていた腰をのばして、

「頭を下げただけではすみませんか」

「すまねえな、この小僧らの頭がおまえのようだな。小僧の懐にいくら銭があるかしらねえが、ほれ、どいつも黙って洗いざらいだしねえな」

と毛だらけの手を駿太郎の顔の前に突きだした。

この騒ぎのきっかけをつくった清水由之助は真っ青な顔で震えていた。

「大起さん、私ども一文の銭ももたされていません。本日のところは詫びの言葉で許してもらえませんか」

「許せねえな。おまえの面を張り倒して大八車をそこのどぶ川に叩きこんでやろうか」

脅し文句を繰返した。

「どうぞ」

駿太郎が静かに応じた。

「なに、どうぞだと、てめえ、この大起の四郎左衛門が冗談を抜かしてやがると思ったか。それとも小馬鹿にしやがったか」

と言いながら張り手を駿太郎の顔に食らわそうとした。

次の瞬間、駿太郎の体が風に舞ったように張り手とは反対側に戦いで、草鞋の右足が相手の股間に軽く蹴り込まれていた。

一瞬の動き、早業だ。

うっ

と呻いた大起が膝を地面に落として転がった。

「やりやがったな」

それまで乱暴者の大起が紙問屋の小僧を相手にいくら脅しとるか、眺めていた仲間たちが駕籠かきの息杖を構えて駿太郎に殴りかかろうとした。

「高井戸の衆よ、止めときな」

不意に車力の親方八重助の声がして、一統が振り返った。

「なんだ、八重助親方の手下かえ」

一人が厄介な野郎が出てきたという顔で八重助を見た。

「最初の経緯は知らねえや。だからよ、ここはおれがなにがしか酒手を払おうじゃないか」

大起がよろよろと立ち上がり、

「車力の八重助親方の仲裁でも勘弁ならねえ」

「じゃどうするよ、大起の兄さんよ」

「おれを蹴り飛ばした小僧をおれに引き渡せ。手足の一、二本もへし折らねえと我慢できねえ。親方、この場は引っ込んでいてくんな」

「そうかえ、するてえと厄介なことになるぜ」

「厄介大いに結構だ、だが、厄介はおめえのほうだ」

「この小僧さんの名を承知でもそういえるかねえ」

「餓鬼の名を聞いて一々驚いていたんじゃ、甲州道中で仕事ができるかてんだ。大起四郎左衛門、男でござるだ」

駿太郎は大起を蹴倒したのは不味かったなと反省しながらも、八重助親方にこの場の始末を任せようとした。そして、

「繁次郎さん、みんなと今のうちに厠へ行っておいてください。大八車の出立の刻限も迫っていますからね」

と年少組の頭に小声で言った。

「だ、大丈夫か、こんな騒ぎになって」

「大丈夫ですって、八重助親方が鎮めてくださいます」

と五人を厠に行かせようとした。

その前に、大起の仲間たちが立ち塞がった。

「致し方ねえな。おれもよ、おめえさんらの同業だ。出来ることなら穏便に済ませたかったがね、大起の、道の向こうに大八車が見えるかえ」

「八重助、おりゃ、耄碌はしていねえ」

「ならば、大八車の先頭に立っておられるお侍が見えるか」

「当たり前よ、顔ばかりが大きい年寄りじじいが破れ笠を被ってぼっと突っ立っているな」

「あのお方がこの若衆の親父様だ」

「ならば、親父を連れてきて詫びさせろ。子の始末は親の責めだ」

「大起の、『子の始末は親の責め』か。いい言葉だねえ。ついでだ、あのお方の名を聞かねえかえ」

「ただの年寄りじじいの名を聞いてどうする」

「江戸の紙問屋久慈屋と親しいご仁といえばだれだえ。大起の、おめえ、紙問屋にはとんと縁はねえか」

大起の仲間の一人が、

「し、知っている。お、おれは江戸に仕事で行った折によ、酔いどれ小籐次様と倅が並んで久慈屋の店先で研ぎ仕事をしてるのを見た。あの年寄り侍だ、大起」

と素っ頓狂な声を上げた。

「おお、よう出来たな。で、この小僧さんが天下無双の赤目小籐次様の嫡子の赤目駿太郎様だ。今はな、いささか事情があってわっしら車力の手伝いをしていなさるがよ。大起の、おれが赤目様をこの場にお呼びすればだ、『御鑓拝借(おやりはいしゃく)』以来数多の武勇で名高い酔いどれ様の次直が抜かれた瞬間におまえの首は胴についてねえぜ。この車力の八重助が請け合うがねえ」

「ま、まさか」

「まさかじゃねえ、本物の赤目小籐次様と久慈屋の旦那の昌右衛門さんだ」

と別の仲間も応じた。

「ま、待った。この騒ぎは座興だ、座興だよな」

大起が仲間に言いかけると、下高井戸宿にいた人足たちがあたふたと逃げ散った。

刻限は四つ半（午前十一時）に近いと思われた。

久慈屋の大八車の一行は十二丁四十間先の上高井戸を越えて、一里十九丁先の国領へと向かっていた。

最後尾に国三と駿太郎が並んで七番目の大八車の後押しをしていた。するとそこへ小籐次のもとで何ごとか話をしてきた岩代壮吾が戻ってきて、

「駿太郎どの、相変わらず弟らが面倒をかけておるようだな、すまぬ」

といきなり詫びた。

「いえ、私も悪いのです。大起さんの股を蹴りましたからね」

「いや、それがしは桃井道場で五指に入る、いや、三指に入る力があるとうぬぼれていたが、駿太郎どのは修羅場を幾たびも赤目様と潜り抜けてきたことをあの動きを見て改めて思い知らされた、喧嘩上手だ。つまりだ、駿太郎どのは桃井道場では本気を半分も出してないということだ」

「いえ、稽古の折は常に力を出しきるように父上から命じられています」

「そうかのう。あの刹那の動きは駿太郎どのならではのものだ。われらの稽古は

道場稽古、畳水練ということが分かった」
と言った壮吾が、
ふうっ
と大きな息を吐いた。

二

「父は他になにか壮吾さんに申しましたか」

駿太郎は話柄を変えた。

「うむ、祥次郎のことは一先ず同じ年頃の駿太郎どのに任せぬかと申された。兄のそれがしが弟を萎縮させておるとお考えになったようだ」

壮吾は、駿太郎の問いを勘違いして答え、

「まあ、こたびの旅に兄弟で加わっておるのはうちだけだ。一日中弟の行動を兄のそれがしが注視して叱る気持ちは分からんではないが、当分弟の行いを見て見ぬふりをしろ、と申されたのだ。駿太郎どのに弟の面倒まで見てもらって恐縮至極じゃがな」

と言い添えた。

「いえ、祥次郎さんの面倒をみている心算はありません」

「赤目様はな、『わしが駿太郎を桃井道場に入門させた理由を思い出せ』と申された。『祥次郎の言動が十三歳のそれなのだ。一方、駿太郎の周りは大人ばかりゆえ、わしの真似をして妙な大人子どもになってもならぬということだ。祥次郎のような十三もいて、駿太郎のようないささか物分かりのよい十三もおる。同じ十三でも一人ひとりの気性や考えや動きが違うのがこの世間というものだ』とな。それがし、はっ、と気付かされた。

祥次郎や駿太郎どのの他に嘉一、吉三郎も十三歳じゃ。それぞれ言動が違って当たり前とも申された。それがし、弟のことばかりを気にかけていたようだ。この際、年少組の差配より久慈屋の御用旅全体を考えようと思う。それでよいか、駿太郎さん、国三さん」

小籐次から注意を受けて壮吾もあれこれと考えたようだ。

「壮吾さん、それでよいと思います。しばらく祥次郎さんは私の傍らで行動をともにします。むろん嘉一さんにも吉三郎さんにも目配りします。われら、同じ十三歳ですからね」

と駿太郎が応じた。

二人の問答を聞いていた国三が静かに頷き、

「岩代様は北町奉行所でも父御の引退を待たずに見習務めとして抜擢されたそうですね。それだけ岩代様は優秀なお方であり、北町において今後を嘱望されているお方なのです。その兄上から見たらただ今の弟の祥次郎さんはいささか幼くご不満かもしれませんが、赤目様が申されるとおり、祥次郎さんの言動が並みなんでございますよ。なにしろ皆さん、初めて江戸を、いえ、八丁堀を離れて旅に出たんです、大八を押しながら周りが見えてくるのは明日からでしょう。格別久慈屋の旅に迷惑をかけているわけでもありませんからね」

と言い、

「岩代様、この国三、小僧時代に芝居に夢中になり、といっても芝居小屋に入る才覚もお金もありません。ただ芝居小屋の前で名題役者の絵看板をぼうっと見ているところを見つけられてしまいました。はい、その折、御用を仰せ付かった途中で、集めた金子も持っていました。そんなわけで先代の主にきついお灸(きゅう)をすえられました」

「なに、久慈屋では芝居小屋の絵看板を見ていただけで灸をすえられるのか」

壮吾の返答に笑みの顔を横に振り、

「久慈屋の出は水戸様の御領地、常陸国西野内村でございましてね、この界隈は『丈夫な上に保存が利き、水にも強い』西ノ内紙の産地です。小僧の私は三年ほど久慈屋の本家に西ノ内紙づくりの修業にいかされました」

「なんと久慈屋の手代の国三さんにさように難儀の過ぎし日々があったか」

と岩代壮吾が驚きの顔で応じた。

「ありましたとも。江戸の久慈屋に戻された折、赤目様が、『国三、紙造りからの修業は辛い日々であったかもしれんが、決して無駄にはならぬ。そなたにとってよき機会であった』と温かく迎えてくださいました。

岩代様、駿太郎さんは特別なんです、祥次郎さんが駿太郎さんを頼りにするのは当然です。すこしばかり甘えもございましょうが、ここは弟御としては見ず、年少組の一人としてご覧になるのが肝要かと思います」

と国三が驚いたことに己の小僧時代の失態まで持ち出して壮吾に願った。

「なんと久慈屋の手代どのにさような日々がのう」

と繰り返した壮吾が、

「紙問屋久慈屋の本家が水戸様の御領地で紙造りをしておるとは知らなかった」

と漏らした。

「はい。あの三年の間に高尾山薬王院などの神社仏閣や大名諸家、直参旗本に納める西ノ内紙、世間では久慈紙として知られる紙の造り方をとことん叩きこまれました。そうでしたね、あのころ、駿太郎さんも幾たびか水戸の城下に参り、赤目様が竹と紙を使ったほの明かり久慈行灯の造り方を水戸藩の皆さんに伝授されて水戸藩の名産として江戸で売り出したことがありましたよね」

と国三が駿太郎に眼差しを向けた。

「はい、私が幼いころのことでした」

「なんと赤目小籐次様は、水戸家に行灯づくりを伝授されたのですか」

「父は西国の小さな大名家下屋敷の厩番でした」

「その先はよう承知ですぞ、駿太郎さん。なにしろ久留島の殿様が城中で受けた恥辱を独りで雪ぐ『御鑓拝借』で一躍武名を世間に轟かされましたからね」

「私が説明する要はありませんね。行灯の話に戻すと下屋敷では内職が主な仕事で、竹細工ならば、父は小刀一丁あれば大概のものは造ります。あの行灯は御三家水戸家に、なんぞ江戸で売りだす名産が欲しいと願われたのがきっかけかと思います。西野内村の竹と西ノ内紙を使って父が創案したのが行灯なんです」

「そうそう、赤目様創案の行灯をご覧になった水戸の殿様が『ほの明かり久慈行灯』と名付けられましたね。このほのかな灯りのとりこになった吉原の花魁衆が競って何十両もの高値で買ったことで江戸にて評判になりました」

と国三が付け加えた。

「えっ、行灯一つが何十両じゃと、それはあるまい」

「いえ、岩代様、赤目様のお造りになる竹と紙を組み合わせた行灯は見事なもので水戸様の内所を大いに潤しました。ともかく花魁衆をとりこにする灯りなんです」

「赤目小籐次様の考案とはいえ行灯の値が何十両もするとは驚きいった次第かな。赤目小籐次様という人物が皆目分からなくなりました。水戸家とも入魂の付き合いでしたか」

北町奉行所与力の嫡子壮吾は驚きを隠せなかった。しばし沈黙したあと、ぽつんと漏らした。

「それがし、年少組の目付どころか国三さんや駿太郎どのから教えられることばかりだ」

「旅をするとかような話を身分を忘れてできることが楽しいのではありませんか。

岩代様と駿太郎さんは剣術仲間ですよね。でも、紙問屋の手代とは江戸にいるかぎりこのような語らいはできませんよ」

「そうじゃな、お互いがよう知り合うのが旅の醍醐味かと国三さんの言葉で気付かされたわ」

と壮吾が得心したように頷いた。

三人がなにか熱心に話すのを、先頭をいく小籐次は承知していた。後ろを振り返った昌右衛門が、

「旅は若い方々にあれこれと学ばせますね」

と小籐次に言ったものだ。

黙って小籐次は頷いた。

駿太郎に代って一番目の大八車の後押しをする祥次郎もなんとなく不安げに最後尾の兄を見ていた。

一行はいつしか国領に近づいていた。

「祥次郎さんだったな、国領につくと昼飯だ。まあ、これ以上なにもなければ予定どおりに府中宿に七つ過ぎには到着するぜ」

と後押しの左吉が教えてくれた。

「内藤新宿からだいぶ来ましたよね。もう府中は国領の先ですか」

「祥次郎さんよ、国領から府中までまだ二里足らず残っているな。なあに旅に慣れれば二里なんて、あっという間だ」

「えっ、二里があっという間に着きますか」

祥次郎が愕然として足袋を履いた足を見た。

「う、ふっふふ」

と笑った左吉が、

「府中は六所明神って古い大権現がある宿場でさ。大八車を旅籠の納屋に仕舞ったら見物するといい」

「権現様ですか。私は権現様より旅籠に泊まるのが初めてなんで楽しみです。だって生まれたときから八丁堀の男くさい屋敷の暮らしでしょ。旅も旅籠に泊まるのも初めてだもの」

と正直に胸のうちを明かした祥次郎を笑みの顔で車力の左吉が見返した。

祥次郎は大八車の後押しに慣れたか、下高井戸宿からは力を抜かず務めていた。

こちらでも身分も歳も違う者同士がいっしょに大八車を押しながら互いに話し合

っていた。

「壮吾さん、父は他になにか言いませんでしたか」

と最後尾では駿太郎が尋ねていた。

「うむ、赤目様がなにか申されたかですと。弟のことはそれがしの構い過ぎだと注意を受けたことは話しましたな」

と首を捻っていた壮吾が、

「うーむ、あれか。厄介なことが内藤新宿であったようですね。木津留吉がこの久慈屋一行に眼をつけているそうな」

「それなんです。父はなんというておりました」

「うむ、なんでも赤目様はとある筋から聞き知ったと申されておったな。しかし赤目様の顔の広さは公方様、御三家、老中からわれら八丁堀の与力・同心風情に至るまで多岐にわたっており、われらとはとても比べようもないな」

と感心した。

駿太郎は留吉が祥次郎に接触したことには触れずに、木津留吉の行動を父が壮吾に告げたことを知った。

「駿太郎どの、留吉が関八州からの流れ者の手先に真になっているとしたら厄介だぞ。過日の騒ぎではなんとか木津家は八丁堀放逐を免れたが、こたび悪党の手先を務めたとなると、もはや終わりだ」

「留吉さんの父上は北町奉行所の同心でしたよね」

「そうなのだ。過日のことがあって遊軍といえば聞こえはいいが、無役同心で奉行所に日参して帳づけの手伝いなどをやらされておる。われら町奉行所の与力・同心の扶持は少ないし、直参旗本どころか御家人にまで不浄役人とさげすまれる身だ。それでも町奉行所の同心ならば屋敷の心配なし、確か木津の家は敷地の半分を医師に貸して、その上がりでつましく暮らしていたはずだ」

　と壮吾が内所まで告げた。

「壮吾さんのところも北町ですよね」

「そうなのだ」

　と応じた壮吾がしばし間をおいて思案した。

「駿太郎どのは、南町の近藤精兵衛どのとの付き合いで町奉行所のことはとくと承知であろうな」

「確かに父は近藤様の手伝いを幾たびかしたはずです。ですが、私はよく知りません」

「ならば話しておこう」

壮吾が応じると国三が二人の話を聞かぬように離れようとした。

「国三さん、そなたも聞いてもらおう。われらはこの旅を通じてなんでも忌憚なく話し合える朋輩になったのじゃからな」

と言い切った。

国三が黙って二人のところに戻ってきた。

もう遠くに国領宿が見えていた。

「八丁堀から離れて奉公に出された同心の倅木津留吉が月日も経たぬうちにお店を辞めさせられ、どこで知り合ったか知らぬが悪党一味にこの久慈屋の御用旅をなんと告げたか。この一事は久慈屋に関わることだからな」

と壮吾が言い、国三が無言で頷いた。

「もし御用旅をどこぞで襲うとすれば、どこだと思うな、国三さん、駿太郎どの」

国三と駿太郎が顔を見合わせた。

「日中、甲州道中で襲うとは思いませんね」

と国三がまず答えた。

澄み切った夏空を見ていた駿太郎が、

「木津留吉さんは久慈屋の商いをなにも知らないでしょう。その留吉さんの言葉を信じて私どもを付け回し、襲ったところでたくさんの紙束しか大八車には載っていません。留吉さんの仲間はなにを狙ってのことでしょうか」

「うーん、それが今一つ分からぬな。赤目様の筋が告げた話は確かであろうか」

と岩代壮吾が首を捻った。

「国三さんや、紙の代金は薬王院にて支払いを受け、帰路に大八車に積んで戻るのであろうな」

岩代壮吾が国三に質した。

しばし間を置いた国三が軽く頷いた。

「ならば今宵襲ったところで大八車に積まれた大量の紙など売り先があるまい」

「ございませんね」

「となると木津留吉が案内方を務める悪党一味が襲うとしたら、帰路ということにならぬか」

と北町奉行所の見習与力らしく壮吾が言ったとき、布田五ヶ宿の最初の宿国領

に着いた。とはいえ、

「国領・下布田・上布田・下石原・上石原、これを布田五ヶ宿と相唱来」

と古書に認められたとおり五宿でようやく宿場として成り立つ程度の宿だ。なかでも国領は文字どおり国の領地の意で古も江戸幕府治世下においても、公儀の直轄領であった。それにしても貧寒とした宿だった。

「話の途中になりましたが、皆さんの昼餉が終わるまで待って下さい」

壮吾と駿太郎に言い残して国三は一行の先頭へと走っていった。

昼餉は国領にあるただ一軒の旅籠の布田一に仕度されていた。

「ご一統様、布田宿名物はばば様が手打ちのうどんです。夏野菜のたっぷり入った出汁につけて啜って下さい。鶏肉を炊き込んだ握りめしもございます」

と国三が座敷に用意された折敷膳に皆を座らせた。

「赤目様、酒はただ今運ばせます」

と国三が小籐次に声をかけた。

「国三さんや、今晩な、酒は頂戴するで、昼餉は気持ちだけを頂こう」

と断わった。

「困ったな」

と国三が呟いた。

「断わりはできぬか」

「そうではございません。車力の方にはどんぶりでいっぱいキュッと飲みたいと申されるお方がございますので。赤目様がお断わりになると車力の皆さんも頼めません」

「おお、そういうことか。酔いどれなどという異名が世間に伝わると厄介じゃな。よかろう、わしも相伴(しょうばん)しようか、されど車力の面々に先にどんぶり酒を出してな、わしには茶碗七分ほどの酒を供してくれぬか」

はい、と張り切った国三が帳場に走った。

どんぶり酒が次々に供され、小籐次のもとへも茶碗が届けられた。それを見た車力の親方八重助が、

「酔いどれ様よ、うちの連中のために半端な酒を口にすることになったか、すまねえ」

と詫びた。親方の膳の前にはどんぶり酒はなかった。

「酔いどれなんて異名をとるがもはや年寄りじじいよ、酒は旅籠で酌み交わそうか、親方」

「ありがてぇ、酔いどれ小籐次様と酌み交わしたなんて親父が聞いたらうらやましがるぜ」

駿太郎は、早々に野菜たっぷりの冷やしうどんを食すると、鶏肉を炊き込んだ握りめし一つを手に旅籠の前に止めた七台の大八車のところへ向かった。

左吉が一人大八車の番をしているのを承知していた駿太郎が、

「左吉さん、ご免なさい、私は先に食べました。代わりましょう」

と見張番を交代することを告げた。

「おお、もういいのかえ」

「お酒もありましたよ」

「てへえ、これだから旅仕事はいいよな」

と言い残した左吉が旅籠へと駆け込んでいった。

「駿太郎さん、私の役目ですよ、見張り番はね」

とこんどは国三が姿を見せた。

「国三さん、まだなにも食べてないでしょう。私は早食いもできるんです」

と笑って国三を布田一の座敷に戻した。

駿太郎が菅笠を被り、鶏肉の握りめしを食していると、

「小僧、江戸の紙問屋の荷であるな」

と野州訛りの声がかかった。

「へえ、お侍さん」

駿太郎は指先についた米粒を舌でなめながら答えた。

相手は着古した道中袴と縞地木綿の腰に塗の剝げた大小を差していた。

「荷はなんだな」

「お侍さん、紙だよ」

「紙は分かっておる。他に積んでおらぬか」

「おいらの越中褌なんぞ積んであるな」

「小僧の越中だと、金目のものはないか」

「お侍さんよ、なにが知りたいんだ。寺社相手の商いは現金商いじゃないぜ。こんどの旅は紙を納めてさ、半年後に為替（かわせ）が薬王院からうちの店に送られてくるんだよ。そんでもって、両替屋で小判に変える。ああー、こんなこと喋っちゃいけないんだ。手代さんにこづかれるよ」

慌てて嘆く駿太郎を久慈屋の新入り小僧とでも思ったか、

「くそっ、留吉のやつ、千両箱が積んであると言いおったが、いい加減なことを抜かしたか」

と小声で吐き捨て、仲間のほうにか、戻りかけた。そのとき、駿太郎が言葉を放った。

「お侍さんよ、仲間は何人だえ」

「うむ、七人だ」

と相手は思わず答えていた。

「ならば今晩府中の宿で待っていよう」

駿太郎が語調を変えて答えると振り返った野州訛りの流れ者浪人が、

「おまえ、真に紙問屋の小僧か」

「お侍さんよ、小僧の他だとなにに見えるよ」

駿太郎の問いを無視して相手は歩み去った。留吉は浪人たちに半端なことしか話していないか、詳細は頭分だけに告げたかと、駿太郎は推量した。

この様子を子次郎が往来をはさんだ路地から見ていた。

三

下布田、上布田、下石原、上石原と数丁間隔で連なる、いくつもの小さな集落を通り抜けて、内藤新宿以来の大きな宿場町、府中宿内に久慈屋一行は入った。

ある旅案内は、

「この駅は東西およそ五、六丁余りにて、戸の数七百五十余り、人の数は三千四百人余りありて、生糸にて生業する人おおく住めり」

と記す。この宿場には本陣一軒、脇本陣二軒、旅籠は二十九もあった。

古府中新宿と称した府中宿の要は、六所大明神、ただ今の大國魂神社だ。武蔵国府の斎場で小野、小河、秩父、杉山、金鑽、氷川の六社を合祀、

「武蔵国総社六所明神社」

と称された。

祭神は大國魂大神。

この六所大明神の名物が甲州道中と交差する参道の欅並木である。

駿太郎は鳥居と欅並木を見て、父母とお夕といっしょに身延山久遠寺に詣でた道中の記憶がおぼろに浮かんだ。

その折は鳥居の前で拝礼した。

久慈屋一行は鳥居を潜って、武蔵国の守り神六所大明神の拝殿前で拝礼した。

駿太郎が年少組に五文ずつ賽銭を配った。

最後にもらった祥次郎が、

「駿太郎さん、今晩はこの宿場に泊まるんだよね」

と期待を込めた疲れた顔で聞いた。顔には、

（もう一丁だって歩けない）

と書いてあった。

「祥次郎さん、疲れましたか」

「おれ、こんなに歩いたの、生まれて初めてだよ」

「いい経験をしましたね。甲州道中を往来する旅人は女衆も一日にこの程度は歩きます。早飛脚（はやびきゃく）は何倍も速く、走るように歩くそうです」

「大名行列だって一日十里と聞いたけど、おれは十分だ。これ以上歩けない」

「足はどうです」

「ぱんぱんに張っているよ。桃井道場の稽古のあとよりすごいな」

「いえ、草鞋ずれはどうですと聞いているのです」

「ああ、草鞋ずれのこと、忘れていた」

「ならば、一つだけ旅慣れたのです、祥次郎さん」

「そうか、おれの足は旅慣れしたのか。おれはただ大八車の後押しをしてさ、なにも周りの景色など見ていなかったよ」

「明日からは美しい多摩川の流れや高尾山の新緑が見えてきます」

二人の問答を聞いていた嘉一が、

「駿太郎さんはおれたちと同じ歳とは思えないな。旅をするのも修行の一つなんだということが分かったよ」

と感心した。

「と思えば、大八車押しも手抜きができませんよね」

駿太郎や祥次郎より一つ年上の繁次郎と由之助は、

「駿太郎さんがさ、丹波篠山に一家で行ったと聞いたけど、その折はなにも感じなかったんだ。だが、こうして江戸からせいぜい八里ほどの府中宿に着いて六所大明神の鳥居を潜ったとき、感動したな。うん、なんというわけじゃないけど、旅するのは大変でも同時にあれこれと見聞きして楽しくなった」

年少組の頭分森尾繁次郎が祥次郎より余裕の表情で言ったものだ。

「由之助さんはどう」

駿太郎がもう一人の十四歳の清水由之助に尋ねた。

「おれ、駿太郎さんに無理を言ったけど、半日江戸を離れて考えが変わったよ。八丁堀にいたらこんな経験は決してしなかったと思う。明日の高尾山が楽しみだ」

とこちらも笑みの顔で言った。

嘉一と吉三郎は、最前から一言も口を利かなくなっていた。

「嘉一さん、吉三郎さん、八丁堀に帰りたいですか」

嘉一が首を横に振った。

「おれ、大八車を押しながら働くってこんなにきついんだと思った。けど、この旅を死ぬまで忘れないような気がする。駿太郎さん、有り難う」

と嘉一が礼を言い、もう一人の十三歳吉三郎が、

「嘉一がおれの気持ちを喋っちまっていうことがないよ。大八を押しているときは暑いし、苦しいし、足はぱんぱんに張っていたけど、ここで止めて八丁堀に戻ったら、おれ、これからどう生きていけばいいか、いよいよ迷うと思う。おれも嘉一も最後まで仕事をやりとげて胸を張って八丁堀に戻りたい、いや、戻るんだ」

と言い切った。

駿太郎が最後に祥次郎を見た。

「おれだけがなんだかのけ者だな。正直さ、こんなことをするんじゃなかったという気持ちとさ、この難儀を乗り越えなきゃ、これから生きていけないぞという考えが頭のなかでこんがらがってんだよ」

と正直な気持ちを吐露した。

「祥次郎、おれたちがここで諦めたら悔やんで悔やんで暮らすような気がする。なんとしても高尾山の薬王院まで久慈屋の品をさ、桃井道場年少組六人、一人も欠けずに運びこむ。おれたち、江戸でなんと呼ばれているか承知だよな」

繁次郎が仲間に質し、

「父上たちは悪人ばらを捕まえるのに必死なのにさ、世間では八丁堀の与力・同心は御目見以下、不浄役人とさげすまれているんだろ」

と由之助が応じた。

「ああ、おれたちは咎人を扱う不浄役人の倅だ。これまでおれたちは何一つ世間に役に立つことはしていない。この仕事をやり遂げたらさ、少しだけ先が見えるんじゃないか。なあ、駿太郎さん」

繁次郎が駿太郎に質した。

「私は実の父母を知らずして久慈屋の持つ裏長屋で育ちました。皆さんの悩みや迷いにも気付かず、ただ目の前のことをこなしてきただけです。物事あまり考え過ぎてもいけない、悩むならば体を動かす、ただそれだけをやってきたんです。気付いてみたら父がいて母がいて、二匹の犬たちと須崎村の望外川荘に暮らしていました」

「そして、おれたちといっしょに今府中の六所明神の拝殿前にいる」

繁次郎が手にしていた賽銭を投げ入れ、拝礼した。

慌てて駿太郎たちも見倣った。

「そうか、考えてはいけないんだ、体を動かせばいいんだ」

祥次郎がなんとなく悟った顔付きで言った。

拝殿横では、いつの間にか七台の大八車が旅の安全を祈願してお祓いを受けていた。

駿太郎たちも急いでお祓いの前に並んで頭を下げて立った。

駿太郎の傍らには祥次郎が同じように控えていた。なにしろ五尺八寸を軽くこえた駿太郎と七寸ほど低い祥次郎では背丈に大きな差があった。

「駿ちゃん、おかしいと思わない」

と声を潜めて祥次郎が駿太郎に話しかけた。

「なにが」

駿太郎も小声で応じた。

「なんだっけ、昼餉を食べた宿」

「国領です」

「ああ、その宿以来、兄者がおれに近づかないしさ、話もしないんだよ」

「寂しいですか」

「清々しているけどさ、なんだかおかしいと思わないか。おれが留吉と話したことを知っているんじゃないかね」

「いえ、それはありません。父上はいろいろなところに妙な人を知っていて、その人たちがあれこれと教えてくれるのです。そちらから木津留吉さんのことは聞き知っていたのです」

「そうかな」

と首を傾げ、

「まあいいか。兄者の口から出るのは小言ばかりだもんな」

「いえ、祥次郎さん、壮吾さんは弟を案じて忠言されているんです。駿太郎には小言を言ってくれる兄はおりません」

「そのほうがなんぼかいいよ、駿太郎さん」

祥次郎が応じたとき、いつの間にお祓いが終わったか、二人の背後に人の気配がして壮吾が十手代わりに前帯に差していた白扇で、ぱしり、と祥次郎の頭を叩いていった。

「あ、いた。兄者、おれたちの話を聞いていたぜ、駿太郎さん」

「大丈夫です」

と応じた駿太郎はすでに一行の先頭に立つ昌右衛門と小籐次のところへ走った。

「なんとか一日目の宿場に着いたな」

小籐次が駿太郎に話しかけた。

「父上、年少組は大丈夫です。明日はもっと頑張れます。久慈屋さんのお陰でいい経験をしています」

「祥次郎はどうだ」

「二番目の大八車の後押しについていています」

一行の最後尾から、

「旦那様、仕度が整いました。私、ひと足先に番場宿の島田屋に参り、到着を告げておきます。よろしいですか」

と声をかけた国三に昌右衛門が頷くと手代は六所宮の境内から姿を消していた。七つを少し回った刻限、一行は府中番場宿の旅籠に向かった。

「父上、旅籠まで遠いのですか」

「甲州道中を少し行ったところだ。島田屋の敷地裏に納屋があるでな、そこへ七台の大八車に荷を積んだまま止めておくことになる」

「分かりました」

と応じた駿太郎は一番目の大八車の背後に回った。すると左吉が、

「駿太郎さんも大変だな、なにしろ八丁堀の若様方は世間を知らねえからね。その分、駿太郎さんが苦労するな」

「左吉さん、なにも苦労などしていませんよ、みんな剣術仲間ですからお互い好き勝手なことを言っているだけです」

「そう聞いておこうか」

昌右衛門と肩を並べて歩いていた小籐次が、

「ちょいと失礼いたす」

と言い残し、鳥居を出る前に境内の杉林の木(こ)の下闇(したやみ)に姿を没した。

その木の下闇には子次郎がひっそりと立っていた。

「すでに駿太郎さんからお聞きでしょうね」

「いや、しばらく駿太郎とは話をしておらぬでのう」

と苦笑いした子次郎が応じて、

「駿太郎さんは八丁堀の部屋住みの面倒を見るに忙しゅうございましょうな」

「久慈屋の荷を狙う木津留吉の頭分は、由良玄蕃という名の剣術家でしてね、仲間は総勢七人です。昼餉の刻限、大八車に駿太郎さんが一人、見張りに出てきて車力と代わりましたな」

「……」

「由良の手下の浪人者が駿太郎さんを久慈屋の小僧と勘違いしましてね、あれこれ話しかけたんですが、軽くあしらわれて引きさがりました。その駿太郎さんに反問されて思わず一味は七人と答えています。この七人のうちに留吉は入っていませんや」

「駿太郎の説明に由良の手下は得心しなかったか」

「いえ、駿太郎さんの言葉を信じていましたな。『紙の代金は半年後に為替で送られる』との駿太郎さんの言葉を頭分に伝えていましたからな」

「となると、あやつらはどうする気かのう」

「赤目様、由良玄蕃という流れ者、なかなかのタマかもしれませんな。ありゃ、紙束ばかりじゃない、なぜ赤目親子に八丁堀の見習与力まで従っておるかと考えておるようでございましてな」

「つまり金子が積まれておると勘違いしておるか」

小籐次の反問に子次郎はしばし間を置いた。

「ご存じではございませんか。薬王院、来春に大きな法要を控えていましてな、注文の品はその法要に使う護摩札の紙でございましょう。薬王院は夏の終わりから秋にかけて大修理をすることになっております」

小籐次は子次郎を見返した。

「蛇のみちは蛇か。もっとも相手は高尾山薬王院、いっぽう、そのほうは」

と小籐次は子次郎をどう表現していいか考えが浮かばず、口を閉ざした。

「へえ、その修繕費を一時、久慈屋に立て替えてもらう算段のようでございましてね、七台の大八車の紙束にかなりの大金が包み込まれているのでございますよ。赤目様には久慈屋の旦那、未だ打ち明けてはいませんので」

「知らぬな、わしはただ旅の後見方として同道するだけの研屋じじいじゃからな、久慈屋の銭の貸し借りまで知らんでよかろう」

と言い訳した。

この子次郎の話が真ならば、薬王院にとっても久慈屋の他には知られたくない借財の申し出ではないか、とも思った。

「久慈屋と赤目様の間柄は並みではない、まあ身内というてようございましょう」

「とはいえ、久慈屋の当代が薬王院の借金までわしに説明する要もあるまい」

「まあ、そのことはどうでもようございます。わっしのお節介と聞き流してくだせえ。だが、薬王院の頼みがどこかで漏れたということはございませんかえ」

小籐次はしばし沈思した。

こちらもしばらく沈黙していた子次郎が、

「木津留吉の父親はただ今は無役にございましてな。以前は、定中役(じようなかやく)同心を長年務めておりました、赤目様に申し上げることもないがこの役職、遊軍といえば聞こえはいいが大したお役目はなく、どこへも顔が出せる。決まった出入りのお店などはない」

と不意に話柄を変えた。

「ところが一軒だけ南伝馬町の飛脚屋飛一は木津家の出入りを昔から許しておりましてね、薬王院から久慈屋への書状はこの飛一を経て届けられますので」

小籐次は確かに久慈屋の出入りの飛脚屋の一軒が飛一と承知していた。

(子次郎め、やはりただの鼠ではなかった)

内心驚いていた。

「ただ今北町奉行所無役の木津与三吉、暇に飽かしてこのところ飛一に出入りしては、なんとのう時を過ごしておるのでございますよ。そいつがどうして薬王院の内情を知ったか、頻繁に薬王院と久慈屋の間に交わされた書状で察したか、あるいは別の手立てか、わっしには分かりませんや。推量ですが、酒好きの同心が八丁堀の屋敷に戻り、酔った勢いで倅の留吉に話したのかもしれませんな」

「なんと、木津留吉は久慈屋の御用はただの紙納めではないことを承知していたか」

「と、考えねば赤目様親子が従う一行をしつこく狙う理由がございますかえ」

「そのほうの調べを信じればそうなるか」

へえ、と返事をした子次郎が、

「野郎どもが狙うとしたら、今晩でしょうな。旅籠は府中番場宿の島田屋でございましたな」

と付け加えた。

「そなたをわしの研ぎの客人として扱ってきたが、いささか考えを変えねばなるまいな。そなた、このことを承知して高尾山行に秘かに同道することにしたか」

「その辺りを詮索されますと、わっしも困りますがね。赤目様、例の五郎正宗の懐剣の手入れを願った次第は、わっしの思いつきの言葉ですが本心です。まあ、こちらの一件は、わっしが介入しなくとも赤目様親子がおられるのです、わっしの知りえたことを気まぐれに喋くったと思うてくだされ」

瞑目した小籐次が、分かった、と返事をした。

「頼みがある」

「赤目様、申されますな。わっしの名は子次郎（こじろう）だが、子はねとも読みますな。子（ね）はわっしの刻限でございますでな。子次郎（ねじろう）が、お節介を始めた一件ですよ、最後まで野郎どもの動きは見張っておりますぜ」

小籐次は一行がすでに番場宿の島田屋に着いていることを考えながら、一つのことを気にかけていた。

「子次郎どの、この薬王院の借財を承知なのは、だれとだれかのう」

「木津親子、由良玄蕃、久慈屋の主、わっしと赤目小籐次様の六人、あるいは手代さんを入れて七人か」

と子次郎が言った。

小籐次は、子次郎が留吉からなんらかの方法で聞き出した話だと、推量した。となると、北町奉行所無役同心木津家は、もはや潰れたも同然だ、と小籐次は思った。

番場宿の島田屋ではすでに大八車が七台ともに納屋に入れられていた。七番目の大八車には昌右衛門の私物、薬王院への献上品の四斗樽などが積まれたままだった。

納屋にいたのは国三、駿太郎、岩代壮吾、それに小籐次の四人だった。

「父上、今晩はなにがあってもいけません、われら三人、納屋にて夜明かししようと思いますがよろしいですか」

と駿太郎が小籐次に願った。納屋の片隅に板の間があり、夜具を三組は敷くことができた。

「昌右衛門どのは承知か」

「いえ、三人で相談いたしました。昌右衛門様には父上から申し上げてください」

「分かった。ならば国三、駿太郎、そなたら二人先に湯に入り、夕餉をとってこちらに戻れ。それまで父と岩代どのが番をしておる」

と小籐次が命じた。

「承知しました」

駿太郎が国三といっしょに旅籠島田屋の母屋へと戻っていった。

「赤目様、それがしに話があるのではございませんか」

「ある。よい話ではない」

「留吉の一件ですね」

「いや、留吉だけに関わる話ではない。北町奉行所の評判にも無役同心木津家の存亡にも関わる大事だ。これからは口を挟まずわしの話を最後まで聞け。そのほうの判断はそのあと聞く」

「相分かりました」

小籐次の話は半刻ほど続き、岩代壮吾の顔が緊張に段々と強ばってきた。

四

甲州道中府中番場宿の島田屋の一、二階を借り切りにした久慈屋一行は夜半九つ（午前零時）、子の刻限には昌右衛門以下熟睡して、大小様々な鼾が競い合っていた。特に年少組は江戸から初めての旅籠泊りに興奮の体で宿の湯に浸かり、夕餉の膳の鮎に、

「おお、これが鮎か、おれ初めて食したぞ」

とか、

「駿太郎さんが旅はつらいこともあるが、旅籠につくと極楽だとおれたちに言ったよな、二階の座敷から甲州道中を眺めるなんておもしろいな」

と言い合った。

だが、夕餉が済むと決められた座敷一部屋に駿太郎を含めて六人が床につき、初めての旅の興奮に疲れきったか、直ぐに眠りについた。その枕辺には一応車から下ろした刀や脇差が置かれていた。

駿太郎は、森尾繁次郎ら五人が眠り込んだのを見て、枕元の孫六兼元を手にそ

っと二階座敷をぬけて旅籠の勝手口の扉から出ると、納屋に向かった。納屋の一角の板の間では国三が蠟燭の灯りでこの日の旅の費えを常に携帯している道中簿に認めていた。

「ご苦労さんです」

と国三が駿太郎を見て声をかけた。その傍らには駿太郎の木刀と六尺棒がそれぞれあった。

「国三さんの仕事はキリがございませんね」

「費えは昼餉とこの島田屋の支払いくらいですでに書き留めました。お店から預かってきた路銀とも合わせせましたし、なんとなく旅の模様を書き留めていました」

と言った国三が、

「五つ半(午後九時)時分ですか。怪しげな輩が現れるのは九つ過ぎでしょう。それまで少しでも体を休めておきましょう」

と板の間に旅籠から借り受けた夜具を敷きのべ、横になった。国三が蠟燭の灯りを吹き消し、駿太郎も道中着を身にまとったまま、ごろりと横になった。

「お休み、国三さん」

「さすがに駿太郎さんは旅慣れていますね」

「父に従い、水戸、身延山、丹波篠山とあちらこちらに旅しましたからね、旅は早寝早起きだと承知です」

「駿太郎さんが十三とはどうしてもこの国三には思えませんよ。こんな頼りになる十三歳は知りません」

という国三の声が駿太郎の耳から掻き消え、眠りに落ちていた。国三は駿太郎の寝息を聞きながら自らも眠りに落ちた。

およそ一刻半（三時間）後、国三は納屋に忍び寄る人の気配に眼を覚ました。

久慈屋の手代として高尾山薬王院行の昼間の雑務から夜間の荷のことまで気を配るのが国三の務めだった。だが、国三が起きたときには、すでに駿太郎が真っ暗な中で寝床の上に座っていた。

「国三さん、怪しげな一味ではありませんよ」

駿太郎が言い切ったところに姿を見せたのは江戸北町奉行所の見習与力岩代壮吾だった。

国三は南北の町奉行所が優秀な家系の優秀な人材だけを選び、最大で七人にかぎり見習に取り立てることを承知していた。それだけ岩代壮吾は北町で将来を嘱望された人物ということになる。

壮吾は無言で板の間の上がり框に腰を下ろした。

駿太郎は、いつもの壮吾とは違い、緊張と迷いに無言を貫くのを見ながら、壮吾が小籐次から何事か告げられたのだと察していた。

真っ暗な納屋には蚊の音だけが響いていた。

駿太郎はなんとなく島田屋の納屋を三人の他にも見張る人間がいることを感じていた。

最初、由良一味の見張りかと思ったが、いささか気配が違うと思った。むろん父の赤目小籐次ならば駿太郎にはすぐに分かる。父がこの納屋に登場するとしたら、由良一味が姿を見せてからだろう。

一方、国三も由良一味がなぜ薬王院に納める紙に眼をつけたか、密かに案じていた。

道中に出る前、国三は主の昌右衛門と大番頭の観右衛門に呼ばれて、薬王院には注文の品の他に七百両の貸金を一つの紙束の間に隠して持参することを告げられて承知していた。

関八州からの流れ者の一味が薬王院の注文の紙を狙ったわけではないことは明

白だった。つまり一味は大八車の一台に七百両が隠されていることをすでに承知しているのだ。

　この一件は後見方の赤目小籐次にも知らせていないと昌右衛門が国三に告げた。だが、旅が始まって、あるときから小籐次はそのことを承知しているように思えた。となると若い八代目の昌右衛門が小籐次に告げたか、いや、小籐次が旅の折々に会う子次郎なる人物から教えられたのだ。小籐次の人脈は老中青山忠裕（ただやす）の密偵中田新八、おしんを始め、江戸町奉行所の与力・同心から闇の人間まで幅広かった。だが、今回はこれらの人脈ではないと思った。

　女ものの懐剣の手入れを小籐次に願った妙な人物からの情報にちがいないと国三は判断した。となると納屋を見つめるもう一人の人物はあの妙な人物かと思った。

　暗黒のなかで蚊の音を聞く岩代壮吾は小籐次から告げられた話を思い返しながら、

「己に課せられた使命」

を思案していた。

　北町奉行所に日々出勤する内役、それも幹部与力の年番方の岩代家の嫡男としてすでに奉行所に出仕する見習与力だ。だが、同心の家を潰す権限など持たされていない。

こたびの一件、八丁堀を放逐されたとはいえ留吉が悪党仲間に加わり、久慈屋一行を襲うとなると木津家の廃絶は決まったも同然だ。

木津家の当主与三吉が酔った勢いで留吉にもらした話からこたびの強盗騒ぎが始まったとするならば、木津家はもはや廃絶以外に考えられない。

一方、壮吾は木津与三吉の嫡子の勇太郎を知っていた。北辰一刀流の千葉道場に通い、熱心に剣術修行をなして見習同心として努力していることを承知していた。弟の留吉がぐれたのも優秀な兄への反感の結果だと見ていた。

過日の留吉の偽同心騒ぎでは木津家の廃絶が北町奉行所内で議論された。

そのとき、嫡子木津勇太郎の地味な努力を知る者が、

「こたびだけはお見逃しできませぬか。当代の与三吉を無役にし、然るべき折に与三吉を隠居させて、嫡子の勇太郎に同心職を継がせるのではいかがか」

と進言したことを壮吾は承知していた。

(どうしたものか)

無役同心木津家を潰すことは容易だった。なにしろ部屋住みの留吉が屋敷から

十手と同心の羽織を持ち出し、同心として芝居小屋に入ろうとした。この一件はなんとか留吉の木津家からの放逐で事が終わったが、こたびのことが江戸じゅうに伝われば、もはや勇太郎に同心職を継がせることなど不可能だ。

(もはや木津家を助ける道はないか)

小籐次に話を聞かされて以来、迷いながらも一つの答えを引き出していた。

(さようなことがそれがしにできるか)

と壮吾は己に幾たびも問い質していた。

父の跡を継いで北町奉行所の幹部与力になった暁には支配の同心の命運を握ることは覚悟していた。だが、壮吾は未だ見習与力であり、こたびの旅は桃井道場の年少組に経験させる高尾山までの旅の「目付方」が己の役目であった。

思わず壮吾がふっと息を吐いたとき、番場宿の旅籠島田屋の納屋に人の気配がした。それも一人ふたりではない、大勢だ。

「来おったな」

と壮吾がもらし、上がり框においていた刀を道中袴の腰に静かに差した。

だが、駿太郎も国三も未だ動かない。このような修羅場は駿太郎にも国三にも経験があった。かような際は、ぎりぎりまで耐えて気配を感じさせないことが肝要と承知していた。

岩代壮吾が立ち上がろうとするのを駿太郎が無言で膝を抑えて動きを止めた。

納屋の中にかなりの人数の人間が入ってきて、自ら納屋の扉を閉ざし、手にしてきた火縄で提灯(ちょうちん)に次々に灯りを灯していった。

そんな様子を見ながらも、納屋の一角の板の間に控える駿太郎らは動かなかった。

納屋の中が三つの提灯の灯りで浮かび上がった。

七台の大八車の向こうで声がした。

「そのほう、どの大八車に金子が隠されておるか知らんのか」

「何度も答えましたよ。久慈屋の手代だって知らないかもしれないことをおれが知るわけもねえよな。小判の入った包みを抜いて宿に移したということはないか」

と留吉が応じた。

「いや、それはない。大八車はいきなり納屋に入れられて、旅籠に持っていったのは私物だけですぜ、頭」

という別の声が応じた。

その問答を手代の国三も岩代壮吾も駿太郎も唖然として聞いていた。だが、国三と壮吾の驚きと駿太郎の驚きは違っていた。駿太郎は、

(紙束の荷に大金が積まれているのだろうか)

との驚きだった。すると、

「留吉、この大八車の中に大金が隠されているのは確かだろうな」

「頭、幾たびも言ったぜ、来年は薬王院が大法要だ。それで今年じゅうに大修繕する費えを久慈屋から借り受けたことは確かだ。町方同心の親父が飛一って飛脚屋で薬王院と久慈屋の主の間で交わされる文から察したんだから、間違いねえ」

ともはや一端の無頼者の声で留吉が応じた。

岩代壮吾は舌打ちし、幾たびも考えた企てを遂行するしか木津家を救う途はないと覚悟した。

一方、国三は飛脚屋の飛一から漏れていたことを聞き、驚きを隠しきれなかった。

「なんてことが」

と国三が漏らした。

その声が一味に伝わった。

提灯の灯りが納屋の片隅の板の間に集まってきた。

先手をとったのは駿太郎だ。

「おや、また会いましたね、浪人さん」

「お、おまえは久慈屋の小僧ではないのか」

「こたびの仕事では大八車の後押しですから、久慈屋の小僧であって不思議はありません」

と平然とした駿太郎が立ち上がって孫六兼元を腰に差し、木刀を手にした。

「頭分由良玄蕃って、どなたです」

「おのれ、餓鬼のくせに野州一刀流の免許皆伝のそれがしを呼び捨てに致すか。何者か」

とひと際大きな剣術家が駿太郎を睨んだ。

「赤目駿太郎」

「なに、そのほう、赤目小籐次の血縁か」

「頭、酔いどれ小籐次の倅ですよ。桃井道場の新入りです」

一統の背後から留吉の声が響いた。

「留吉、前に出よ」

と命じたのは岩代壮吾だ。

「なんだよ、もう、見習与力なんかの呼び捨てはなしだぜ」

と言いながら着流しの裾をからげた留吉が姿を見せた。襟元に片手を突っ込んでいるのは匕首の柄に手をかけた仕草か。

「ちえっ、祥次郎のやつ、もう兄貴にもらしやがったか。頭、この男は江戸北町奉行所の見習与力岩代壮吾だ、親父は」

と言いかけたとき、

「留吉、止めよ」

壮吾の激しくも鋭い叱声が響き、さらに、

「その口が北町奉行所に代々務めてきた同心一家を路頭に迷わすことになるのだ、それが分からぬか」

と言い添えた。

「壮吾さんよ、おりゃ、八丁堀を放り出された身だぜ。真綿問屋だかなんだか、給金なしのけち臭い店奉公に出された身だ。もはや木津の家となんの関わりもねえや」

「十五にもなってその道理が分からぬか。北町奉行所と父上のつながりで、なんとか真綿問屋摂津屋へ小僧奉公に出られたというのに、お店の銭を盗んで放り出されては、おまえの父上の面目丸つぶれよ」

「岩代壮吾さんよ、冗談はよしてくんな。おりゃ、もはや江戸無宿の無頼者だ、北町とも八丁堀とも無縁のお兄さんだ。こたびの久慈屋の紙束の荷には七百両が隠されていることを承知の上で由良さんに手伝いを願ったんだよ」

「そのほう、どこで知ったな」

壮吾は先ほど聞いていた話を念押しして質した。

「うむ、壮吾さんよ、そいつは言えねえ。ともかくよ、おりゃ、七百両の分け前を半分頂戴したら上方にずらかるぜ」

と言い放った。

「留吉、だれが半分をそのほうに渡すというた」

由良玄蕃が留吉を睨み、留吉が、

「こりゃ、おれが見つけてきた仕事だぜ。半分もらって悪いか」

と言い返した。

留吉の注意が由良に向けられた瞬間、壮吾が、するすると間合いを詰めていき、腰の一剣を抜くと、駿太郎から教わった来島水軍流の抜き打ちで留吉の首筋にいきなり斬りつけた。

留吉の口を塞ぐ。残酷にして温情の一撃だった。

留吉はなにが起こったか、分からぬままあの世へと旅立った。

「おのれ、何者じゃ」

由良玄蕃が岩代壮吾を質した。

「最前、留吉が口にした言葉を聞かなかったかえ、由良玄蕃。それがし、鏡心明智流の桃井道場の門弟よ。本職は北町奉行所の見習与力だからな。てめえらの悪事、見逃すわけにはいかねえんだよ」

岩代壮吾の言葉遣いが伝法なものに変わっていた。無防備な留吉を殺した行為がふだんの岩代壮吾とは違う言葉遣いにさせていた。

「くそっ」

と由良玄蕃が驚きを隠せない面付きで吐き捨てた。

「酔いどれ小籐次とやらの厄介な年寄り侍が久慈屋には従っていると聞いたが、見習与力までも加わっていたか。留吉なんて半端者はな、仕事(つとめ)が終われば、この先の流れに叩きこもうと思っていたところだ。見習与力のお陰で手間が省けたわ。てめえら、この三人を叩き斬って七百両を頂戴するぜ」

「由良玄蕃、そのほうの命、それがしが頂戴した」

血に濡れた刀を一振りして留吉の血をはらうと、岩代壮吾がこんどは正眼に構えて由良玄蕃に向き合った。

一対一の対決に六人の手下が加わろうとした。

「お待ちなされ、そなたらの相手は赤目駿太郎です」

と宣告した駿太郎が木刀を構えると、いきなり六人の群れのなかへと飛び込んでいった。

相手は戦いに備えていなかった。そこへ駿太郎が使い慣れた木刀を手に飛び込んできたのだ。想像もしない行動に驚かされて慌てた。

岩代壮吾がなぜ無防備な留吉を始末したか、駿太郎には理解できなかった。だが、この行動の陰には必ずや父の赤目小籐次の忠言があってのことと推量していた。壮吾の覚悟の一撃を見せられたことが駿太郎を、

「鬼」

にしていた。

国三は六尺棒を手に板の間に立ったまま、岩代壮吾の必殺の一撃を、そして、いま駿太郎の鬼神の舞を見せられていた。

駿太郎の手の木刀がしなやかにひらめくたびに一人ふたりと倒れていき、数瞬裡に六人が悶絶していた。

「壮吾さん、お待たせしました。由良なにがしに専念してください」

「駿太郎さん、助かった」

と応じた壮吾が由良玄蕃に改めて向き合った。由良は一瞬にして手下を倒され、孤立無援になったことを悟り、逃げ道を探った。とその視線の先に年寄り侍が立っていた。

「由良とやら、そのほうの逃げ場はない。あるやなしやの七百両の夢を見ながらあの世に旅立て」

小籐次が言い放ち、

「わしがそなたらの立ち合いの検分方を務めようか」

と納屋に入ってきた。

もはや由良玄蕃は立ち合うしか途はなかった。

「岩代壮吾、今晩の経験がな、そなたをよき与力にしよう。そうせねば二人の命を絶つ意味がないでのう」

壮吾が軽く会釈を返し、

「由良玄蕃、覚悟を致せ」

と戦いを宣告した。

「見習与力ごときに野州一刀流免許皆伝の由良玄蕃が負けてたまるか」

巨漢の由良が二尺七寸は優に超えた大業物を八双に立てた。

正眼と八双。

見合ったのはわずかな間だった。

由良が先の先をとり雪崩れるように踏み込むと、大業物の豪剣を壮吾の肩口に落とした。

壮吾はその場で耐えた。

由良の刃が面ではなく肩口に落ちてきたのを確かめ、後の先で正眼の剣の切っ先を相手の喉元へと振るった。

豪快な八双落としと喉斬りが交錯し、刹那、岩代壮吾の切っ先が由良玄蕃の喉を一瞬早く斬り裂いていた。

数瞬の静寂ののち、

「国三さんや、番場宿の御用聞きを呼んできてはくれぬか」

という小籐次の声がした。すると天井付近で、

チュウチュウ

と鼠の鳴き声がした。

（やはりあやつ、子の刻限に起きておるわ）

北町奉行所の見習与力岩代壮吾が初めての修羅場を潜り抜けたのは、子の刻限だった。

第五章　府中宿徒然（つれづれ）

一

朝餉の折、駿太郎から、

「皆さん、今日はこの旅籠の島田屋にもう一泊逗留してほしいと、昨夜、高尾山薬王院から急に知らせが入ったそうです」

と年少組は告げられた。

「えっ、駿太郎さん、なんぞ不測の騒ぎが起こったのか」

年少組の頭森尾繁次郎が駿太郎に質した。

「さあ、それは聞かされていません。あちら薬王院に荷の受け入れが一日あとになると助かる事情があるのかもしれませんね。久慈屋の昌右衛門様、父上、手代の国三さん、それに岩代壮吾さん方が今後のことを相談されておられます、もっとも商い旅ではよくある話らしいです。だから、私たち年少組六人は、少なくとも今日の夕刻まで好き勝手に行動してよいそうです」

「おお、やった」

と最初に喜びの声を上げたのは岩代祥次郎だ。

「駿太郎さんさ、兄者と半日会わずにおれたちだけで府中宿で夕暮れまで好き勝手に過ごしていいんだよな」

「そういうことです」

と応じた駿太郎が一刻半しか眠っていないことに気付いた者はいなさそうに見えた。

未明、府中番場宿の御用聞きの十太郎が呼ばれた。

旅籠島田屋の納屋で押込み強盗の二人が斬られて死に、六人が縄で括られて土間に転がされている光景に御用聞きの十太郎は、仰天した。この場には赤目小籐次が御用聞きを待ち受けていて、

「親分、高尾山薬王院有喜寺に納める紙じゃによって、なにがあってもいかん。こちらの納屋に手代の国三さんが泊まり込みをしていてな、押込みどもに気付き、

われらに知らされたというわけだ。われらが母屋から駆け付けたところこの二人が大刀やら匕首を抜いてわしにいきなり突きかかろうとしたのだ」

「天下の赤目小籐次様にかかるとは、強盗どももえらい貧乏くじを引かされましたな」

番場の十太郎が首肯した。

「それがな、わしはさほどの働きはしとらんのじゃ。この御用旅に同道の江戸北町奉行所見習与力の岩代壮吾どのが実に手際よく強盗どもに応対してくれたでな、まあ、最後のひと振りを振るっただけでな」

と曖昧な言い方で虚言を弄した。壮吾の今後を考えてのことだ。

「さすがだね、酔いどれ様なんぞが本気で相手するほどの押込み強盗ではございませんので」

「働いたのは岩代壮吾どのよ」

と十太郎親分に応じた小籐次の傍らから、

「まさか旅の初日にして流れ者の押込み強盗どもに出くわすとは夢にも思わなかったのだ、それで夢中で」

とこちらも壮吾が嘆いてみせた。

騒ぎが落着したあと、小籐次と壮吾はふたりだけで話し合った。その際、府中番場宿の島田屋の騒動に北町奉行所の無役同心木津家の身内が関わっていることを極秘にすることで意見が一致した。留吉は押込み強盗の一味には加わっておらず、従って壮吾が留吉を始末した事実もなかったということで押し通すことにした。

一方、現場には由良玄蕃と留吉の亡骸(なきがら)があり、六人の一味が縄で縛られて転がっていた。

番場の十太郎親分が、

「こちらはだれの手柄ですね」

と気を失っている六人を差した。

「わしの倅の駿太郎が叩きのめしたのよ」

「えっ、ひとりで六人の剣術遣いを木刀で叩きのめしたと申されますので。一体全体駿太郎さんはいくつですね」

と元服前の駿太郎を見た。

「十三じゃ」

「魂消た。十三歳ひとりでこやつども六人を叩きのめしたと申されますかえ」

「大番屋でな、そやつどもに尋問致さばわかろう」

と応じた小籐次が、

「十太郎親分、そなたに願いがある。この二つの亡骸じゃがな、身元不詳ということで府中宿の寺に密かに埋葬できぬか。手間賃は出す」

との言葉を聞いた十太郎は、

(やはり二人を斬ったのは赤目小籐次だ)

と推量し、得心した。そして、なにか曰くがあるのだとも考えた。首肯した十太郎親分が、

「へえ、甲州道中で行き斃(だお)れで死ぬ旅人を始末する、わっしの知り合いの寺に頼みますぜ」

と約定した。

「親分、手間をかけるが頼む、弔い賃じゃ」

と小籐次が五両を渡した。

島田屋の一件は即刻府中の大番屋に告げられた。

甲州道中の府中宿は江戸から四番目の宿場だ。だが、ただの四番目の宿場町というだけではない。それは六所宮の存在があるからだ。

なにしろ六所宮は徳川幕府の祖、徳川家康と関わりが深いのだ。

天正十八年（一五九〇）、豊臣秀吉が小田原の北条氏を滅ぼし、一族支配の領地を徳川家康に与えた。三河の出の徳川一族が関東に入るきっかけになった歴史的な大騒動だ。

江戸に入った家康は、甲州道中と鎌倉街道が交差する交通の要衝、六所宮に五百石を寄進した。その寄進状によれば、

「寄進　六所宮
　武蔵国多東郡
　府中之内
　五百石之事
右如先規令寄附訖　弥守此旨可抽武運長久懇祈殊可専祭祀之状如件
天正十九年辛卯十一月日

「大納言源朝臣(あそん)」

とあり、北の守りを考えてか戦勝祈願をなしていた。

その後、江戸幕府が開かれると五街道の一として甲州道中は整備され、府中は江戸から一泊目の宿場に発展した。

寛延三年(一七五〇)まで府中陣屋が存在したが、江戸幕府の直轄領扱いが廃止され、建屋一式は取り払われた。

甲州道中と鎌倉街道が交わる札ノ辻付近には公儀のお触れなどを掲げた高札場があり、代官所の下役人が常駐していた。

この島田屋の一件、即刻御用聞きを経て知らされた下役人が島田屋の納屋に飛んできた。

そこで江戸の紙問屋久慈屋が高尾山薬王院に納める紙の大八車が押込み強盗に襲われ、押込み強盗の頭分と町人風の若い衆を始末したのが赤目小籐次らしいと聞かされ、

「赤目様、お手柄にございましたな」

「手柄というほどのこともないわ」

岩代壮吾が由良玄蕃の他に木津家の身内留吉を斬ったことが江戸で公になると、北町奉行榊原にとっても北町奉行所にとっても決してよいことにはならぬと小籐次は案じていた。北町奉行所で将来を嘱望された見習与力の初手柄は北町奉行所に恨みを残すようなものであってはならぬと考えたからだ。

「それにしても紙問屋の品納めに江戸町奉行所の見習与力どのが同道しておられますとはな」

と下役人は関心を抱いた。

岩代壮吾が北町奉行直筆の手形を指し示し、

「赤目様の子息が鏡心明智流桃井春蔵道場の門弟でな、道場の年少組の一員なのだ。久慈屋と入魂の赤目親子が御用旅に同行なさるのに年少組全員が世間を知るために同行することになってな、先輩門弟のそれがしが目付というか世話方というかかく同道致した。またこちらにおられるはそれがしが改めて紹介の要もないが、数多の武勇で天下に知られた赤目小籐次様である。赤目様の行くところ騒ぎあり、とは聞いていたが強盗一味の一夜目の到来にそれがし仰天いたした。まさかの事態であった」

と告げると下役人は、

「はあ、それがし、この始末どうつければようござろう」

と反対にお伺いを立てる始末だ。そして、壮吾を大番屋の隅に呼んで、

「岩代様、真にあのお方が『御鑓拝借』の武勇の士赤目小籐次様にございますか」

と小声で質した。

「そのほう、北町奉行の手形を持つそれがしの言葉が信じられぬというか。もっともであるな、ご覧のとおり背丈は五尺そこそこ、このところ年々背が縮んでおられるというでな、一見威風は感じられまい。じゃが、腰の次直が抜かれた折は、血を見んで事が終わることはない。傍らの若武者が赤目小籐次様の嫡子の駿太郎どのじゃ。強盗一味の頭分の由良らを除いた六人を木刀で叩きのめして縄目にされたのが駿太郎どのである。よいか、かような押込み強盗ごとき不逞の輩を赤目小籐次様は相手になさらぬ。ゆえに大仰にはしたくないと申されておる」

と能弁に言い立て、

「そのほう、名はなんと申す」

「それがし、府中宿大番屋野付平吉郎にござる」

「野付どの、早々にこの者たちを大番屋に運び込むのがそなたの務めである。霊場高尾山薬王院に納める紙に血潮のにおいを沁み込ませてもなるまい」

と命じた。

その半刻後には、由良玄蕃と名不詳の若者の遺骸と六人の配下の面々は、大番屋に運ばれて消えた。とはいえ、府中宿の旅籠で二人が身罷った騒ぎだ。

朝になって、昌右衛門、小籐次、岩代壮吾が大番屋に出向き、江戸以来の事情を改めて説明することになった。

そんなわけで八重助親方以下車力の面々と桃井道場の年少組五人は、深夜に島田屋の納屋でなにが起こったか知らないままに半日の休息が与えられることになったのだ。

「駿太郎さんさ、府中宿は見物するところはあるかな」

祥次郎がこの日、兄の岩代壮吾と顔を合わせることがないと知り、嬉々とした顔で尋ねた。

「旅籠の番頭どのに府中宿に剣道場はあるかとお尋ねしたところ、六所宮の参道の欅並木は古よりの馬場だそうで、この界隈はなかなか武術が盛んな土地だと教えられました。馬場の西側に土地の剣術を教える武蔵一刀流沢渡六左衛門様の道場があるそうです。まずそこで稽古をさせてもらえるかどうか訪ねてみませんか」

「なんだって、旅に出ても剣術の稽古か」

「祥次郎さん、旅は修行です。大八車を押すのも土地の道場に教えを乞うのもすべて修行です。府中見物は稽古のあとでよいでしょう、夏の半日は長いですからね」

と駿太郎に押し切られ、大八車の見張りは車力の八重助親方に願って番場宿の島田屋を出た。年少組六人になったとき、森尾繁次郎が、

「駿太郎さん、夜中になにがあったんだ」

と質した。

「なにか腑に落ちませんか。私、ぐっすりと寝込んでいましたからね。なにも知りません」

しばし駿太郎の顔色を見ていた繁次郎が、

「そうか、ならば駿太郎さんに尋ねまい」

「なにか他にございますか」

「おれ、朝方ちらりと壮吾さんと会ったんだ」

「おれの兄者と会ったって、それは災難だったな」

「祥次郎」

と呼ぶ声が険しかった。

「おまえの兄者じゃがな、顔が尋常ではなかったぞ。別人にでもなったように険しい顔付きに変わっておった。おれは最初岩代壮吾さんとはわからなかったくらいだ」

「兄者はいつも威張りくさっておるからな」

「祥次郎、そんなんじゃない。おれたちが寝ている間になにかが起こったんじゃないか」

「おれもそう思う」

清水由之助が同じ十四歳の繁次郎の考えに賛意を示した。

「おれは駿太郎さんが知っていると思っているんだがな。そなたが寝床から這い出していき、戻ってきたのは未明ではなかったか」

と繁次郎が話をもとへ戻した。

「繁次郎さん、私ども年少組が見て見ぬふりをする、あるいは知らぬ振りをするほうがよいことが旅ではしばしば起こります。岩代壮吾さんはその経験をなされたのだと思います」

とだけ駿太郎は答えた。

武蔵一刀流沢渡道場は確かに六所宮の馬場の西側に面してあり、打ち合いの稽古の音を響かせていた。

「駿太郎さん、おれたち、この形(なり)だぜ、妙だと思われないか」

と嘉一が久慈屋の印半纏の袖を広げて見せた。

だが、一応六人ともに刀や脇差を腰に差していた。木刀を手にしているのは駿太郎だけだ。ともかく六人して印半纏だけは脱いで畳んだ。

「私がお願いしてみます」

繁次郎らを門前に残して駿太郎が道場の式台前に立った。

百姓風の若い男が駿太郎に応対した。

「なに、旅の途中にうちの剣道場を見かけたで、稽古がしたいてか。その言葉は江戸からか」

「はい、旅籠の島田屋さんでこちらのことは聞いてきました」

「なに、島田屋に泊まる銭を持っとるか。それにしてもおめえ、背丈が高けえが歳はわけえな」

門弟衆の大半は、履物を見ても男と同じく町人と思えた。

「十三歳です」

「後ろの仲間もそんなもんか。まあ、待て、沢渡先生に聞いてこよう」

と道場に引っ込んだ男が戻ってくると、

「うちの道場の稽古は荒いぞ。師匠は、あんたらだけで稽古するのなら好きにせえと言われておる」

「有り難うございます」

駿太郎が繁次郎ら五人を呼んだ。

五人は桃井道場の他に他流の道場に入ったことなどない面々だ。緊張して従ってきた。

駿太郎は式台に上がる前に拝礼し、道場に入って見所に向かって正座するともう一度拝礼した。繁次郎らも真似た。

見所の脇息に身をもたせかけた壮年の道場主沢渡と思しき人物が、

「江戸から来られたか」

「はい。私ども江戸の鏡心明智流桃井道場の年少組の門弟です。道場の隅をお貸し頂けるとのこと、ありがとうございます」

「そなたら、桃井道場の年少組じゃと、まさか六人で物見遊山ではあるまい。どこへ参るな」

「沢渡先生、高尾山薬王院に参ります」

「ほう、薬王院な、お参りかな」

「いえ、紙問屋久慈屋の御用旅に従っております」

しばし間を置いた沢渡が問うた。

「そなた、名は」

「駿太郎、赤目駿太郎と申します」

と聞いた沢渡が笑い出し、

「直治、おまえ、えらいお方を道場に入れたな。よし、おまえがこの駿太郎の相手をしてみよ」

と命じた。

赤目は珍しい姓であった。だが、沢渡六左衛門は赤目と聞いただけで、この界隈でも武名の高い赤目小籐次を結びつけたかと駿太郎は思ったが黙っていた。

「兄さん、親父様は浪人さんか」

「はい。研ぎ仕事をしております」

「研ぎって刀のか」

「いえ、包丁です。父は一丁研いで四十文、私は二十文のお代を頂戴しております」

「そりゃ、おめえも仲間も貧乏暮らしだな」

と言った直治が、

「木刀で稽古してえか、怪我をするぞ。竹刀にしねえか」

「どちらでも構いません」

借り受けた竹刀で駿太郎と直治は対峙した。

「おりゃおりゃおりゃ」

と奇妙な掛け声をかけながら直治が竹刀を突き出したり、引っ込めたりした。

駿太郎は直治が間合いに入るのを待っていた。

「おりゃおりゃおりゃ」

の気合が高まり、次の瞬間、直治が敢然と踏み込むと竹刀を駿太郎の面に叩きつけてきた。その竹刀を、
ぱしり

と弾くと直治が床に転がっていた。それを見た沢渡が驚きの門弟衆に、

「おまえら、この若い衆から一本とったら、目録を上げてもいいぞ」

とけしかけた。

「師匠、ほんとか」

「虚言は弄さん。全員でかかってもよい」

と焚きつけられた門弟衆は、大半が川漁師か養蚕を職にしている連中だ。その十数人が駿太郎に一気に襲いかかった。

だが、駿太郎の動きは俊敏で、だれも対応できず胴を叩かれ、小手を落とされ、面を打たれて、全員が道場の床に這いつくばるのに長い刻限は要さなかった。

「師匠、この若い衆、何者じゃ」

「直治、赤目の姓を聞いて分からぬか。天下の武人酔いどれ小籐次様のご子息よ」

「な、なに、赤目小籐次様の子か。そりゃ、わしら蚕養じゃ相手になるめえ。で、そっちの五人もこの若い衆と同じくらい強いか」

と繁次郎らを見た。

「直治どの、われらもいつも道場で駿太郎さんに同じ目に遭わされております。

だから、ご一統の気持ちがよう分かります」

　と繁次郎が言った。

　お昼前まで沢渡道場でいつものように稽古をした桃井道場の年少組は、まず門前町の欅並木のお店を見物して回った。

「駿太郎さん、腹が空いた」

　と祥次郎が漏らした。

「祥次郎、昼飯を食う銭を携えておるか」

「繁次郎さん、おれたち、だれ一人、銭なんて持ってないよ。旅籠に戻ればいくらか親が持たせてくれた銭があるけどな」

　五人のだれもが一文の銭も携えていなかった。

「案じることはありません。国三さんが昼餉のお代を一人二朱ずつ、三分持たせてくれました。なにが食べたいですか」

「おお、やった、三分もか。おれ、ウナギが食ってみたい」

　と祥次郎がいい、

「ウナギですか、まず食い物屋を探すのが先です」

　と駿太郎の言葉にぞろぞろと昨日通った街道へと出ていった。

二

駿太郎ら桃井道場年少組六人は、府中宿本町の旅人相手のめしと土地の男衆を相手の飲屋を兼ねた店に入り、

「いらっしゃい。あら、若い衆ね。土地の人ではないわね」

と年増の女衆に迎えられた。

「私ども江戸から高尾山薬王院に品物を運ぶ手伝いの者です。お昼、なんでもようございます。食べさせてもらえませんか」

と駿太郎が丁寧に願うと、

「まるで青竹のようなすっとしたお兄さんだけど、顔を見ると若いわね。いくつ」

「十三です」

「十三歳ですって」

六人は印半纏を着ていなかった。なにしろ沢渡道場で一刻半ほど稽古をしたあと、府中宿をひと廻り見物したのだ。それぞれが手に提げたり、肩にかけたりし

ていた。菅笠を被った形はとても武士の子弟には見えなかった。剣術の稽古と初夏の日差しに六人ともに顔に汗を掻いていた。

「いくら夏たって府中宿を走り回ってきたように汗を流しているわね。十三歳さん方、なにをしたの」

江戸の暮らしを言葉遣いから窺える女衆が尋ねた。

「六所宮の馬場にある沢渡道場で稽古をさせて頂きました」

「ああ、やっぱりあなたたち、町人の子じゃないんだ」

駿太郎らが武士の子と認めた口調の女衆の返答に、

「お加代さんよ、番場町の島田屋に泊まっている江戸の紙問屋に関わりのある子どもたちじゃねえか」

と馬方と思しき無精髭の男が言った。

「えっ、久慈屋さんの関わりの人なの。夜中に押込み強盗に襲われたんですってね、足止めを食らったあんた方も大変だったわね」

ようやくお加代が駿太郎らの正体に気付かされたか言った。

駿太郎が返事をする前に繁次郎が、

「おかみ、われらが投宿しておる島田屋に押込み強盗が入ったと申すか」

となにか思いあたる口調で質した。

「なに、兄さん方、夜中になにが起こったか知らないのか」

「なんだって、押込み強盗なんて入らないよな」

と嘉一がもらし、

「われら、なにも知らされておらぬ。まことに押込み強盗に襲われたのか、あの旅籠」

とだれとはなしに問うた由之助が駿太郎の顔を見た。

駿太郎は黙ったままだ。

府中宿に昨夜の騒ぎがどれほど漏れて流れているか分からなかったからだ。

「おまえさんら、呑気だね。押込み連中何人かが斬られて、残りは捕まったというぞ」

土地の職人風の男が駿太郎らに教えた。

「だって江戸からの大八車尻押しをしてきてさ、疲れてぐっすりと眠り込んでいたんだもんな」

吉三郎は自分らがなにも知らぬことを言い訳した。

「呑気な若い衆だな、おめえら、江戸でなにをしているだ」

年寄りが六人に尋ねた。

「われら、江戸の桃井道場の門弟なのだ。剣術修行に役立つように足腰を鍛えるために久慈屋の大八車押しに加わって旅をしているのだ」

繁次郎が町奉行所の子弟ということは口にせず答えた。

「ああ、それで西馬場の沢渡道場で稽古をさせてもらっただか。新宿(しんしゅく)の井藤原斎先生が怪我人を治療したんだべ」

「常じい、怪我人じゃねえ、何人も殺されたというぞ」

「馬鹿ぬかせ。紙問屋の奉公人がよ、大勢の押込み強盗を反対に斬り殺すなどあるわけもなかろうが」

と駕籠かきと思える男が反論した。

「分かったわ」

とお加代が不意に言った。

「なにが分かったよ、お加代さんよ」

「紙問屋一行には、あの赤目小籐次様が従っておられるという噂よ。おそらく酔いどれ小籐次様が押込み強盗を懲らしめたのよ」

とのお加代の言葉に祥次郎が駿太郎を見て、

「駿ちゃん、やっぱりなにか知っているのか」

と質した。

「祥次郎さん、われら、ただ今桃井道場の年少組として久慈屋さんの手伝いです。宿に戻れば昌右衛門様か、父が説明してくれましょう」

と祥次郎に応じた駿太郎が、

「おかみさん、私どもになにか食させてもらえましょうか。銭は払えます」

とお加代に願った。

「むろん、うちは食い物屋にして飲屋よ。お腹が空いているのね、六人前ね、いま用意するわ。菜はなんでもいいわね」

と一人で得心して台所に向かいかけたお加代が、

「あなた、名前は」

と不意に尋ねた。

しばし間を置いて、

「赤目駿太郎です」

と名乗った。

「赤目って、酔いどれ小籐次様と関わりがあるの」

「父です」

駿太郎の返答にめし屋じゅうが一瞬しーんと沈黙した。長い静寂のあと、

「酔いどれ小籐次様の子じゃちょっとやそっとのことでは驚かないわね」

とお加代が言い残して台所に消えた。

駿太郎らは店の土間に突っ立ったままだ。

「兄さん方よ、ほれ、そこの小上がりに上がってよ、めしを待ちねえな」

荷担ぎ商いの男が駿太郎らに店に入った折の作法を教えた。

「ありがとう」

駿太郎が礼を述べて六人で小上がりに上がった。

「駿太郎さん、そなた、強盗が押し入った場にいたんだな」

繁次郎が最前から考えていたらしい問いを発して、こんどこそは答えてもらうぞ、と強い決意の顔で言い、さらに、

「駿太郎さん、年少組の頭は一応おれだ。おれはなにも知らんでよいのか」

と駿太郎に文句をつけた。

「繁次郎さん方を無視しているわけではありません。この一件には、私も知らない事情があるのです。その場にいたのは、岩代壮吾さん、手代の国三さん、私の

三人に父の赤目小籐次です。私の口からいえるのはそれだけです。繁次郎さんらに事情を告げることができるのは、久慈屋の主どのか、父でしょう」

五人だけに伝わる小声ながら、駿太郎の毅然とした返答に繁次郎が黙り込んだ。

「駿ちゃん、兄者が押込み強盗と出会ったのは確かか」

動揺したのは壮吾の弟の祥次郎だ。

「いかにもさようです」

「兄者はなにかやらかしたのか」

「祥次郎さん、旅に出ればあれこれと予期せぬ出来事が起こります。そのような折、ちまたの噂に惑わされてはなりませぬ、こちらの皆さんが話してくれた話は推量に過ぎません。こたびの御用の主は久慈屋昌右衛門様です。皆さんに話をしたほうがよいと考えられた折、昌右衛門様か、わが父が昌右衛門様に代わって話すはずです」

駿太郎が潜み声で繰り返す返事に繁次郎が、

「分かった。もはやこれ以上聞くまい」

と応じたとき、折敷膳に具だくさんの味噌汁とめしが運ばれてきた。大根や茄子漬けも添えられていた。

「食べたいだけ食べていいのよ。お侍さんの子がよくも紙問屋の久慈屋さんの手伝いをする気になったわね。いい経験になるわよ」

とお加代が言った。

「ありがとう、おかみさん」

「駿太郎さんたちは剣術仲間なのね」

「はい。この中でいちばんの新入りが私です」

「えっ、あなたが頭分じゃないの」

「違います、この森尾繁次郎さんが年少組の頭です」

と繁次郎を差した。

「おかみ、確かに桃井道場の年少組の頭分はこのおれだ。だが、駿太郎さんは剣術でもなんでもおれたちより強いし、世間のことをなんでも承知だ。おれが頭でいいか、務めをちゃんと果たしているか、旅に出てずっと考えっぱなしだ」

と繁次郎が自嘲した。

「繁次郎さんの立場はその言葉でこのお加代に分かったわ。あなたは十分に桃井道場の年少組の頭を務めているわ。そうでしょ、駿太郎さん」

「おかみさんの申されるとおりです。繁次郎さんは私の足りないところをよく承知です。お互い足りないところを補っていけば旅も楽しくなると思います」

ふっふっふ

と笑ったお加代が、

「聞いた、この二人の話。あんたら、府中の出来損ないにはわからないわね」

「おおさ、酔いどれ様の餓鬼も、おっと、もとへお餓鬼様もよ、頭の繁次郎さんもしっかりしているよな。久慈屋の仕事が終わったら、うちに奉公にこないか」

とこれまで黙って昼間から酒を飲んでいた遊び人風の男がお加代の言葉に応じた。

箸を握ったまままだ御膳に手をつけるのを待たされていた吉三郎が、

「うちに奉公って商いですか」

「おおさ、表向きは蚕養(こがい)よ」

「裏ではなんの商いだ」

と職人風の男が飯を食い終えて爪楊枝を遣いながら問い、

「小便博奕(ばくち)の代貸(だいがし)だよな、布田の兄さん」

と馬方が突っ込みを入れた。

「それは困りましたね」

と駿太郎が応じて、繁次郎に先に食べるように願った。

「おおー」

と長いこと待たされていた嘉一らが猛然と具がたくさん入った味噌汁を啜り始めた。

「どうして困ったな」

「布田の兄さん、最前あちらのお方が言われたことは聞き流したことにします」

「小便博奕の代貸の話か、おれんちの賭場は小便賭場なんぞじゃねえ。この界隈じゃなかなかのもんだぜ」

「その話も私どもの耳に入りません」

「なぜよ」

「私の前で昼餉を食している仲間の江戸での住まいを聞いてごらんなさい、布田の兄さん」

祥次郎が駿太郎の言葉に応じて早速答えた。

「おれたち、八丁堀が住まいなんだ」

「は、八丁堀ってあの八丁堀か」

「はい」

味噌汁を啜り込みながらめしを猛然と食う祥次郎があっさりと答えた。

「ひゃっ」

と畳の上に飛びあがるかと思うほど驚いた布田の兄さんが、

「赤目の倅さんよ、最前からの話はありゃすべて冗談だからな。いいか、ここのめし代はすべておれが払うから、冗談話は聞き流してくんな」

とお加代に何事か言って小粒を渡し、めし屋から飛び出していった。

「呆れた」

布田の兄さんの背を見送っていたお加代が、

「駿太郎さん、江戸の八丁堀って町奉行所の与力・同心が住むところよね」

「はい。私どもの桃井道場は江戸町奉行所の与力・同心の子弟が多く通っています。例えば茶碗を抱えて美味しそうに食している祥次郎さんの父上は与力でもえらい方だそうです」

「そんな若様方が紙問屋の大八車の後押しの手伝い」

「はい」

「駿太郎さんよ、日当はいくらだ」

と関心を持った別の客が尋ねた。

「私どもは剣術修行の一環として高尾山薬王院まで行くのです、無給です」

「ただで大八車押しか、ぶっ魂消たぜ」

「それも与力・同心の子どもたちよ」

「こりゃ、酔いどれ小籐次様親子と旅をしたくて手を上げた連中だな」

と蚕養がいうと、茶碗や箸を持った繁次郎らが職人に、

「そうだそうだ」

という風に呼応した。


駿太郎らは昼餉を食したあと、甲州道中の南側にある曹洞宗龍門山等持院高安寺、鎌倉の武家足利氏と関わりが深い寺にお参りし、府中宿の南側に連なる段丘(ハケ)を見物すると暮れ六つ前、番場宿の島田屋に戻っていこうとしていた。


同じ刻限。

江戸芝口橋袂にある紙問屋久慈屋に早飛脚が着いた。竹川町の出入りの飛脚屋美濃屋与兵衛方の若い衆だ。

「ご苦労だね、どちらからです」

帳場格子から大番頭の観右衛門が質した。

「大番頭さん、甲州道中府中宿からだよ。それもさ、同じ便でよ、北町奉行所の与力岩代なんとか様宛にな、赤目小籐次様から分厚い書状だ。町奉行所なんて北だろうと南だろうとできれば訪ねたくねえよな。ふんふん、こちらは旦那の昌右衛門様が差出人だな」

と美濃屋の飛脚が答えるところに、ふらりと姿を見せたのは読売屋の空蔵だ。

「なになに、北町奉行所の与力岩代様に宛てて酔いどれ様から書状だと。こりゃ、旅早々に何事か出来したな」

と言いながら上がり框に期待の顔で腰をどすんと音を立てて落とした。

「空蔵さんや、こりゃ旦那様からの私宛の文です。なにも読売屋に施しをする話ではございませんでな」

文を手にした観右衛門が店座敷に姿を消そうとした。

「おれたちは身内みたいな間柄だよな。なにも隠すことねえじゃないか、大番頭さんよ」

「商いの話まで読売屋に突っ込まれたくございませんでな」

と言い放った観右衛門が小僧に行灯を店座敷に持ってこさせ、昌右衛門からの文を披いて読み始めた。

観右衛門は主からの文を長いこと繰り返して幾たびも読み込んだ。

「こりゃ、北町は大変だ」

と呟いた観右衛門が文を手に奥へ、おやえのもとへと向かった。そして、昌右衛門からの文の内容を口頭で告げた。

「なんですって、うちの貸金まで外へ漏れておりましたか」

「はい。飛脚屋の飛一は今後一切の出入りを即刻禁じよとの旦那様からのきついご命でございますが、よろしゅうございますな」

「大番頭さん、うちの亭主が久慈屋の主ですよ。主の命は絶対です」

「ならば、飛一の出入りを止めます」

と観右衛門が言い切った。

「おやえ様、うちの出入りは南町が多うございますが、北町は大変でございましょうな」

「見習与力岩代様はまさかかような仕儀に立ち至るとは考えてもおられますまい」

おやえの言葉に観右衛門が首をゆっくりと横に振り、

「赤目小籐次様が後ろに控えておられて岩代壮吾様もどれほど気持ちを強く保てておられるか。ともかくいくら北町奉行所の与力の家系とは申せ、お若いお方が初めて刀を抜いて戦うというのは大変なことでございましょう。こたびのこと、北町奉行所にとって、身内の恥です。なんとしても世間に広まるのは避けたい」

と言ったが次の言葉を口にすることなく、店へと戻っていった。

おやえは、赤目小籐次と箱根で会って以来、

（うちはどれほど助けられているか）

とそのことを考えた。

店仕舞いの刻限であったが、店に未だ空蔵の姿があった。

「大番頭さんよ、なにが甲州道中府中宿でおこったよ」

「府中宿で旦那様が飛脚屋に書状を頼まれただけの話です。今ごろはもはや高尾山薬王院に到着しておられましょう」

「北町奉行所のお偉いさん、岩代与力に赤目小籐次が早飛脚を送ったんだぜ、事が起こらなければ、早飛脚に高い銭を使うことはあるまい」

「空蔵さんや、うちの内所まで案じてもらって有り難うございますな。店仕舞いをしたくともできないと手代小僧たちが困っておりますぞ」

「おれを追い出す気かえ。ならば手がないわけじゃねえ、北町にあたろうか」

と呟いた空蔵に、

「空蔵さん、おまえさんとの間柄ゆえ一つ忠言させてもらいましょう。この一件、北町を突かれますと、冗談抜きにおまえさん、北町奉行所から放り出される、いや、読売屋が潰される目に遭いますよ」

「な、なに」

と言いかけた空蔵に背を向けた観右衛門が、

「店仕舞いを手早くな」

と厳しい声で言い残して台所に姿を消した。


この日、府中宿の別の飛脚屋からもう一通、老中青山忠裕の密偵中田新八とおしんに赤目小籐次から届けられた書状には、府中の騒ぎが一段と詳しく認められていた。


書状を読んだ新八とおしんが顔を見合わせ、

「おしんさん、老中にお知らせし、明日にも北町奉行榊原主計頭様にこの文の全容を伝えておくことがよかろうな」

「新八様、いえ、一刻も早いほうがよろしかろうと思います。ただ今から老中屋敷を訪ねましょうか」

と即刻動くことにした。

三

番場宿の旅籠島田屋に戻った駿太郎ら年少組は、なんとなく旅籠全体に重苦しい雰囲気が漂っているのを察した。

「おお、戻って参られましたか」

島田屋の番頭が迎え、殊更明るい口調で話しかけた。

「どうでしたな、府中宿の見物は」

「番頭さん、六所宮の馬場、欅並木横にある沢渡道場で稽古をすることを許されましたし、昼餉も私ども六人で食しました。お加代さんと申されるおかみさんが親切にしてくれましたうえに、お客さんのお一人が私どものめし代も払ってくれました」

と経緯を駿太郎が説明した。

その話を聞いた番頭や男衆が、

「駿太郎さん方が何者とも知らずに奉公を願いましたか。そりゃ、皆さんのお父つぁんが町奉行所の与力・同心と聞いたら、布田の兄さんは真っ青になって魂消たでしょうな」

「番頭さん、慌て者の代貸耕介が皆さんの昼飯代を払って飛び出していく様子が目に浮かびます」

などと言い合った。

駿太郎らはめし代を払ってくれた代貸が耕介という名だと初めて知った。

「番頭さん、久慈屋の旦那様や父上は戻っておられますか」

「最前、騒ぎの始末が終わったとか、戻って離れ屋で土地の大番屋の役人衆二人と番場の親分らを招いて、浄めの酒を召し上がっておられます」

「国三さんも一緒に離れにおられますか」

「いえ、国三さんは多摩川の川渡しや日野宿の朝餉が明日に延びたことの手配に昼過ぎから出かけられてまだお戻りではありません」

と番頭の言葉を聞いた祥次郎が、

「あのう、兄者はどうしていますか」

と不安げな顔で尋ねた。

「おお、あなた様のお兄さんも赤目様方と離れ屋におられますよ、それに車力の連中も湯に入ってな、自分たちの部屋で酒を飲んでますよ。ともかく昨夜の押込み強盗騒ぎを取り鎮めたお方は」

と番頭がもらし、祥次郎が、

「どういうことです」

と質した。

「いえ、弟さんはご存じではございませんでしたか、それはとんだ失礼を致しました。続きは赤目様からお聞きくだされ」

といささか慌てた体の番頭が答えて、

「ささ、朝から剣術の稽古やら府中見物、大変でしたな。若様方は湯に入って汗を流して下さい、夕餉の仕度もすでにできていますからね」

失言を糊塗するように駿太郎たちを島田屋の湯に誘った。脱衣場には駿太郎らの下着まで用意されていた。大きな湯船には客はいない。

「今晩もおれたちだけの貸し切りか」

繁次郎がもらし、番頭が、

「若様、それにはわけがございましてな、五月五日には六所宮の例大祭くらやみ祭が催されましてな、近郷近在、江戸からも大勢の見物客が府中に押し掛けて賑わいます。神輿渡御の宵は宿場じゅうの灯りを消しますので、くらやみ祭と呼ばれるのですよ。そんなわけでくらやみ祭前は、府中がいちばん静かなんです」

と説明して、

「久慈屋の旦那様方はすでに湯を使われましたからな、若様方の貸し切りです」

と言い残して去っていった。

「嘉一ちゃん、聞いたか。おれたちさ、また若様と呼ばれたぞ。一日に二度も、生まれて初めてだよな」

と吉三郎がまんざらでもないという顔で言った。

「江戸ではおれたち町奉行所奉公の身内は、罪人を扱うてんで不浄役人の倅のうえに部屋住みだもんな、吉三郎じゃないがさ、若様なんて驚きだよ」

と言いながら汗に濡れた衣服を脱いでかかり湯を使い、大きな湯船に浸かった嘉一が、

「おれ、旅をずっと続けてもいい」

と満足げな顔をした。

「吉三郎、嘉一、そんな呑気な話じゃないぞ」

年少組の頭森尾繁次郎が険しい顔で言い、駿太郎の顔を見た。だが、駿太郎はなにも答えない。

「番頭は昨晩のことを言いかけて途中で止めたよな。なにがあったんだろう」

祥次郎がぽつんともらしたとき、風呂の外から国三の声がして、

「私も一緒に湯に入れてください」

と言いながら、もはやしっかりとした大人の体付きの手代が洗い場に姿を見せた。

「国三さん、日野宿まで行かれたそうですね、ご苦労様でした。日野の川渡しは船ですか、土橋ですか」

身延山久遠寺に行った折の記憶を頭から引き出して駿太郎がきいた。

「駿太郎さん、三月から十月は船渡しです。数日前に川の上流で雨が結構降ったらしく、流れが七十間あまりあってなかなかの水嵩でしたよ。明日は、朝一番の馬頭観世音の渡し船が最初の大仕事ですね」

と言いながら汗の体を洗い終えた国三が湯船に入ってきた。日野の渡しは土地の人に馬頭観世音の渡しとも呼ばれていた。岸辺に馬頭観世音像があるからだ。

「国三さん、おれたち、府中でさ、若様と呼ばれたんだぞ」

と嘉一が照れたような顔で言った。

「確かに若様です、お姫様には見えませんものね」

国三が昨夜の騒ぎの後始末が一段落してほっと安堵したか、冗談を言った。

「大八車の後押しするお姫様なんていないよな」

とまともに冗談を受けた嘉一が応じた。すると、森尾繁次郎が、

「国三さん、昨夜この旅籠に押込み強盗が入ったと宿場でも噂しているけどさ、おれたちはなにも知らされてないんだ」

不満を国三にぶつけた。

和やかだった湯船に緊張が走った。

国三が駿太郎を見た。

駿太郎は詳しい話はしていないという風に顔を横に振った。

ふっ、と吐息をついた国三が、

「あとで旦那様と赤目様には私からお断わりをします」

と前置きして、留吉が加わっていたことは一切触れず、押込み強盗の頭分由良玄蕃を岩代壮吾が斬り、駿太郎が残りの仲間を木刀で叩き伏せて、騒ぎを府中宿

の大番屋に知らせたこと告げた。

「なんだって。赤目様ではなくてさ、うちの兄者と駿太郎さんが押込み強盗一味をやっつけたというのか」

と祥次郎が駿太郎の顔を窺った。

「納屋で寝ていたのは国三さんと私です。そこへ押込み強盗が現れました。その気配に壮吾さんが気付いて手助けに入ってくれたのです、父も壮吾さんのあとに納屋に姿を見せましたが手出しは一切していません。国三さんは大八の荷を見守る務めがあります。多勢に無勢の争いです、だから壮吾さんと私が先手をとって仕掛けたのです」

「ほんとうに駿太郎さんの親父様は加わってないのか」

清水由之助が質した。

「父上は壮吾さんの活躍を見ていただけです」

「兄者の初捕物は江戸を離れた府中宿か。また江戸に戻ったら威張りそうだな」

祥次郎が複雑な顔でもらした。

「祥次郎さん、それはありませんよ」

駿太郎が言い切り、国三も同意の頷きを見せた。

「そうかな、おれの兄者ならば必ず自慢げに話すと思うけどな」

「いえ、それはありません」

駿太郎が繰り返して否定し、十四歳組の繁次郎と由之助は、国三が騒ぎの話に一つも口出ししていないことを漠と考えている風だが、それ以上この話題には触れなかった。

湯から上がった国三と駿太郎らは台所に接した部屋で仕度されていた夕餉を食すると、年少組は明日の船渡しに備えて早々に床に就いた。

国三は納屋の不寝番についた。

「駿太郎さんは今晩も納屋の夜番に行くんだろ」

とまだ布団に座っていた繁次郎が、

「最前の湯での話さ、おかしいと思わないか」

駿太郎に疑いの言葉を口にした。

「どこがですか」

「関八州の流れ者の押込み強盗がさ、なぜ久慈屋の紙に目をつけたんだ。強盗どもが狙うのは金子に決まっているじゃないか。大八車六台分の紙束奪ってどうするんだ」

「繁次郎さん、私は皆さんと同じ桃井道場の年少組の新入りです。なぜ押込み強盗が久慈屋の荷に目をつけたか知りません。ひょっとしたら紙の他に金子が積まれていると押込み強盗は勘違いしたのかもしれませんね」

「そうか、金子が積んであったとしたら、手代さんと駿太郎さんが納屋で張り番するのは分かるよな」

と繁次郎が得心したのを見た駿太郎は、

「なにがあってもいけません、国三さんといっしょに納屋で寝ます」

と言い残して、別棟の納屋に向かった。納屋の大八車七台は日中、番場の親分の子分たちが見張っていた。

駿太郎が姿を見せたとき、国三は板の間に寝床を敷いていた。

「今晩もこちらに寝て頂けますか。二晩つづけて押込み強盗は入らないと思いますがね」

「品物を薬王院にお渡しするまでは、油断をしてはなりません」

「赤目様親子がいて、どれだけ私も久慈屋も助けられているか」

と嬉しそうに微笑んだ国三が自分の寝床の傍らに駿太郎の寝床を延べ、蚊やりに火を灯した。

「今晩はぐっすりと眠れそうですね」

「お互い昨夜はあまり寝ていませんからね」

と言い合った二人は寝床に入ると、すとんと眠りに落ちた。

そのとき、離れ屋を独り抜けてきた岩代壮吾は、二人が眠っているのを有明行灯の灯りで確かめ、おのれの部屋へと戻っていった。

壮吾にとってこたびの高尾山薬王院行は、生涯忘れられない一夜になった。

赤目小籐次は壮吾の迷いを承知で手を出さなかったのだ。

もし留吉を生きて捕まえていたら、代々続く北町同心の木津一家が取潰しになることは明白だった。留吉は真綿問屋の奉公に出る前、年少組六人を引き連れて屋敷から同心の衣類と十手を持ち出し、芝居小屋にただで入ろうと企て若い衆に偽の同心と見破られ、捕まっていた。この騒ぎの折も木津家の同心職罷免（ひめん）が北町奉行所で話し合われたが、世間にこの一件が知られていないこともあって、留吉を八丁堀の木津家から急ぎお店奉公に出すことでなんとか最悪の事態は免れていた。

だが、留吉は薬王院が久慈屋から紙の納入に合わせ、来年の大法要の費えを借り受ける話を父親の木津与三吉から聞き知っていた。というのも木津家の代々の出入りが飛脚屋飛一だったからだ。薬王院が久慈屋に借財を申し込み、納入の荷に大金を積んで運ぶのをどのような手で察したか、与三吉は酒に酔った折にでも屋敷で喋ったのだろう。留吉はそのことを承知していて、由良玄蕃を頭にする押込み強盗一味に漏らしたのだ。ともかく留吉が由良一味に加わっていただけでも、北町奉行所無役同心木津家の取潰しは避けられなかった。

小籐次は、留吉を始末する役目を無言裡に見習与力の岩代壮吾になさしめるべく、こたびの騒ぎでは一切手出しをしなかった。

昨夜の騒ぎのあと、小籐次は父親に宛てた書状を書くように岩代壮吾に命じ、自らも数通の書状を認め、壮吾の文と一緒に早飛脚に託すことにした。その折、一通だけは別便にするよう、飛脚屋に小籐次は手配した。

文を苦労して書き終えた壮吾に、

「よいか、岩代壮吾、今宵の一件は決して生涯忘れてはならぬ。父御の跡を継ぎ、北町奉行の年番方与力を務めることになる身のそなたは、かような決断にしばしば見舞われよう。われら人間は悪心と良心を二つして胸に秘めておる、わしもそなたもな。悪人がときに善き行為をなし、善人が悪しき行いをなすこともある。一人の若い命の始末がどれほどの重荷をそなたに背負わせたか、未だそなたには分かるまい。いまは昨夜のことを幾たびも考えよ、いや、生涯忘れてはならぬ。そなたは北町奉行所を動かす立派な与力になるのだ。それが留吉の供養となる」

と教え諭した。

長いこと沈思していた壮吾が、

「承知仕りました」

と返事をした。

事の始末を半日かけて府中の大番屋でなした岩代壮吾は、十太郎親分と関わりが深いという叡光山安養寺の無縁墓に、由良玄蕃と留吉の亡骸を埋葬した。由良の配下の者はだれ一人として詳しい事情を頭から聞かされていなかった。そこで府中の大番屋にしばし留め置き、然るべき時節に放逐することが決まっていた。

壮吾は昌右衛門と小籐次に断り、酒の場を退出してきた。手代の国三と駿太郎は今晩も納屋に寝ていた。そのことを確かめた壮吾は島田屋の母屋の部屋で床についたが、なかなか眠れなかった。

「人には悪心と良心の二つがある」

と小籐次は壮吾に教えた。

（岩代壮吾の悪心が留吉の命を絶ったのか）

ちがうと思った。

（このおれは北町奉行所の一同心の家系を救うために留吉の命を絶ったのだ）

江戸に戻り、必ずや留吉の長兄の勇太郎を立派な同心にしてみせる、と胸に誓ったとき、眠りが訪れた。

翌未明、道中を再開した久慈屋一行は、七つの刻限、里人に、

「馬頭観世音の渡し」

と呼ばれる多摩川日野の渡し場にいた。

国三が昨日手配をし直した渡し船が二艘待ち受けていた。この船は例年三月から十月までの川渡しの船を久慈屋が明け六つ（午前六時）前の一刻、一艘一両二分、都合三両で借り受けたものだ。ふだんの渡し賃は一人十三文だ。いくら大八車を載せるといっても渡し賃としては高い。久慈屋の御用の相手は高尾山薬王院の上に江戸町奉行の手形まで所持した一行ゆえに、上乗せで未明の渡し船借り出しが許されたのだ。

国三が言ったように川幅は七十間余もあり、流れは激しかった。

祥次郎が言った。

「駿ちゃん、この流れを船に大八車を積んで渡るのか、おれ、泳げないぞ」

「船頭衆は慣れておられます」

「そうかな、おれ、怖いな」

二人の問答を傍らで壮吾が聞いていたが、弟に言葉遣いを注意する様子はなかった。

一艘目の船に一番目の大八車が乗せられ、八重助親方と左吉、それに国三が乗って一気に流れのなかを突っ切っていった。

「この時節の流れはなかなか激しいな」

と小籐次がぽつんと言った。

「来島水軍流の竿刺しでもダメですか」

と昌右衛門が小籐次の言葉に応じた。

「昌右衛門どの、餅は餅屋、船頭衆に任すのがよろしゅうござる」

「いかにもさようです」

二艘目に二番手の大八車と車力の面々が五人ほど乗った。さらに一往復してきた三番船に大八車の他、昌右衛門と小籐次に車力二人と年少組の嘉一と吉三郎が緊張の顔で乗り込み、向こう岸へと渡っていった。こうして一刻のうちに七番目の大八車が積み込まれ、車力の残り二人と国三、駿太郎に岩代壮吾が乗り込んだ。国三は一番船に乗って向こう岸に一度は渡ったが、最後まで見届けるためにまた府中側に戻っていた。

七番目の渡し船が流れに抗して突っ切り始めたとき、

「国三さん、この大八車だけが久慈屋のものですね」

と壮吾が質した。

「はい、いかにもさようです」

と国三が答え、なにかという表情で見た。

「駿太郎さんといい、国三さんといい、赤目小籐次様仕込みの役者だな。そうか、由良一派の狙いのものは最後の大八車に積まれてあったか」

と壮吾が二人を見た。

「壮吾さん、私はさようなことは存じません。ただ無事に七台の大八車の荷を高尾山の薬王院に届ける手伝いをするだけです」

と駿太郎が答え、

「右に同じです」

とあっさり国三が応じた。

「やっぱり見習与力ではこの二人には太刀打ちできぬわ。悔しいが修羅場を潜った差かのう」

と壮吾が悔やんだが、決して気分が悪い顔ではなかった。

国三も駿太郎も、岩代壮吾が真っ先に鏡心明智流桃井道場年少組の頭分を最近まで務めていた木津留吉の命を絶った、あの夜の行為に驚愕した。と、同時に壮吾が最初に留吉の命を絶ったにはそれなりの理由がなければならないと承知していた。その曰くを承知なのはおそらく赤目小籐次一人であろうと、駿太郎も国三も考えていた。

「壮吾さん、国三さん、江戸に戻ったら、二人してよいことが待っておるのではありませんか」

「ほう、よいことな。それがし、見習がとれるのは父が隠居せぬかぎり無理だな」

「私も久慈屋の奉公人として勤めるだけです」

「お二人の言葉、覚えておきます」

と駿太郎が答え、

「岩代壮吾様と駿太郎さん、そして私の三人は府中にて同じ縁を持った間柄とは思いませんか。岩代様が北町でご出世なさろうと永のお付き合いを願います」

「あの場には父もおりましたよ」

「赤目小籐次様は別格です、私どもと一緒にできるものですか。赤目様があの場におられたかどうか、私にはさだかではございません」

「国三さん、それがしもそう思う。酔いどれ小籐次様はわれらの行動をちゃんと見ておられたのです」

と壮吾が言い切り、国三が頷いた。

そのとき、

「へえ、無事に七台の大八車を渡しましたぜ」

と船頭の声がした。

四

順調に品と人を運び終えた久慈屋一行は、通常の船渡しが始まる明け六つ前に、渡し船の船頭衆に別れを告げた。

久慈屋では、約束の船渡し賃の他に主の昌右衛門の命でなにがしか酒手を渡し

たので、

「久慈屋の旦那、有り難うございます」

と船頭の頭分が礼を述べ、

「今年は赤目小籐次様が久慈屋の後見に従ってこられたそうな。それによ、府中宿ではえらい手柄を立てたと日野宿にも旅人の話で伝わってますぜ。わっしらを赤目様に会わせては貰えませんか」

と願った。

「頭、もう会っておられますよ、赤目様に」

聞いていた車力の親方が渡し船の頭分に告げた。

「なに、会っておるってどこに控えておられるか、八重助親方よ」

「あちらにおられるお方が天下無双の酔いどれ小籐次様だよ」

腰に次直の一剣を差して、日野側の船着き場に転がる倒木に腰を下ろし、年寄りが独りのんびりと流れを眺めていた。

「はっ、冗談はよしてくんな、車力の八重助親方よ。江戸から伝わる噂話は武勲の数々、おりゃ、すべて承知だぞ。悪党どもをあちらで斬り、こちらで殺めと、これまでの戦の相手を勘定しただけでおれの両手で利くめえが。赤目小籐次があのちっこいじい様侍であるわけはなかろうが」

と頭分が大顔にして背丈が子どもなみの妙な年寄りを見た。そこへ岩代壮吾が、

「赤目様、日野側の河原に七台の大八車が無事に揃いましてございます。そろそろお出ましになりますか」

と報告し、

「おうおう、岩代どのに久慈屋の奉公人の真似までさせて恐縮じゃのう。日野宿はなかなかの宿場ゆえ、そちらで朝餉を摂ることになろう。それまで若い衆に我慢してもらおう。わしの記憶では河原から日野宿の旅籠勝沼屋まで一里足らずであったと思うがな」

と小籐次が答え、手代の国三が、

「赤目様、おっしゃるとおり四半刻もあれば日野宿に着きましょう」

と丁寧な口調で応じるのを見た頭分が、

「えっ、ほ、ほんとうにあのじい様が天下無双の赤目小籐次様か、八重助さんよ」

と信じられないという顔で念押しした。

「おめえさんも世間の噂話に赤目小籐次様をさ、六尺超えた大兵と考えなすった

か。間違いなくあのお方が赤目様よ」

「信じられねえ。わっしの船に乗ったがよ、ちょこんと座って流れを見ていたじい様はただの年寄りだったぜ。腰に確かに道中差のような飾りもんを差していたけどな」

「親方、腰の一剣が『御鑓拝借（おやりはいしゃく）』以来の武勲で使われた次直って刀よ、飾りもんではないぞ。ともかく疑うならばさ、ご当人にお尋ねするんだね、それが一番手っ取り早いや。いや、それより、おめえさんらの力水（ちからみず）の地酒を丼で差し上げたらどうだえ」

「よし、嘘か真か、酒の飲み方みればこの秀吉には分かるぞ」

貧乏徳利と丼を手に恐る恐る小籐次のもとへと歩み寄り、

「お客人、まさかおめえ様が赤目小籐次様というわけはねえよな。昨日だか一昨日の夜に府中宿で押込み強盗をあっさり叩き斬ったと聞いたがよ、それはなんかの間違いだよな」

と尋ねた。

「おお、間違いじゃ」

「ほれ、見ねえ。このじい様は赤目小籐次様じゃねえとよ、当人が言うだから間違いねえ」

と八重助を振り返った。

「赤目様が間違いと申されたのは強盗どもを叩き伏せたのはよ、こたびの久慈屋の道中に同道して、ほれ、大八車を土手道に押し上げていなさる二人、江戸北町奉行所の若手与力岩代壮吾様と赤目様の嫡男駿太郎さんだからなんだよ」

「なに、あの若い二人が強盗どもを叩き伏せたか。ならば赤目小籐次様はなにしていただか」

「さあ、ご当人に聞いてみな」

渡し船の頭分が、

「じい様、おまえ様が赤目小籐次様ってことはねえよな、あの若い衆のお父つぁんにしては老け過ぎだもんな」

と改めて疑いの眼を向けた。

「船頭どの、駿太郎はわしの実子ではないでな、じい様と孫ほど歳が離れておってな、よう間違われる。おまえさんのいうじじい侍が駿太郎の親父、どうやら赤目小籐次じゃな」

ひえっ

と驚きの悲鳴を上げた頭分が、

「し、失礼のだん、ひ、平にご容赦くだせえ。詫び代わりにわしの気持ちを一杯飲んでくれめえか。土地の酒でな、多摩之沢じゃ。やっぱり酔いどれ様は下り酒でなければ口に合わんかのう」

「いや、地酒はその土地の味じゃによってな、よいな。朝っぱらからわしだけがなにもせんで恐縮じゃが、一杯頂戴しようか」

「おお、そうこなくちゃ、酔いどれ様かどうか分からないよな」

未だ頭分は疑っているような口ぶりだ。仲間の一人を呼んで貧乏徳利を渡し、自らは大きな丼を手に、

「三助、たっぷりと注げ。一滴でもこぼしたら酔いどれ様と当人がいうておられるじい様に斬り殺されて、流れに叩き込まれるぞ」

と若い船頭に注文をつけながら大丼に二合ほどの地酒多摩之沢を注がせた。

「どうだ、朝からいけそうか、じい様」

小籐次の鼻先に突き出された丼から野趣あふれるいい香りが漂い、

「ほうほう、なんとも朝から馳走じゃな。頂戴しようか」

と両手で丼を受けた小籐次がしばし香りを楽しみ、

「船頭衆のご厚意頂戴致す」

となみなみと注がれた酒を口から迎えに行き、

「おお、よき香りかな」

ともらすとゆったりと丼を傾けながら多摩之沢を喉に悠然と落としていった。

空になった丼を手に、

「馳走になったな」

と頭分に礼を述べると、

「おお、分かったぞ。確かにこの年寄りじい様が酔いどれ小籐次様に間違いねえ、もう一杯飲むか」

と頭分が小籐次に言った。

「船頭どの、朝から大酒はいかん。一杯で十分じゃ、また帰りに会おうかのう」

と応じると小籐次は倒木から立ち上がった。

背丈五尺余の小籐次が頭分にはまるで巨岩に立ち塞がられたように感じて圧倒され、ごくりと唾を飲み込むと、

「赤目様よ、多摩の渡し場の船頭頭秀吉が待っているからな、必ずおれを指名するんだぞ。渡し船の席には酒を用意しておくからな」

と約定させた。

「多摩の渡し場の船頭頭秀吉な、よかろう」

と小籐次が応じて悠然と土手道を上がっていった。

後年の書物に曰く、

「この駅は多摩川の西のかたにて戸数四百六十ばかり、人口二千三百余りもあらん」

と日野宿をこう表す。

この物語から八年後の天保五年（一八三四）に多摩郡上石原の豪農の家に生まれた三男が日野宿の近藤家に養子に出され、剣術に目覚めて二十八歳の折、天然理心流の四代目襲名披露の野試合を府中六所宮で催した。

近藤勇である。

この近藤勇や土方歳三らが京にて活躍することを赤目小籐次らは知る由もない。

「駿太郎さんさ、兄者の様子がいつもと違わないか」

祥次郎が日野宿の旅籠勝沼屋で朝餉を食し終わった頃合いだ。年少組だけは広間ではなく表に近い板の間だった。

「様子が違うとはどういうことですか」

「江戸を出たときさ、真似事でも大八車を押すかと思ったらさ、なんだか駿太郎のじいちゃん、ああ、ご免、親父様のようにおれたちの動きを見ているだけだったよな」

「壮吾さんは仮にも北町奉行所の与力です。私どものように桃井道場の年少組ではありませんからね、見習とはいえ、町奉行所の与力が大八車の後押しなんて許されないでしょう」

「だっておれたち町奉行所の身内ではなくてさ、桃井道場の年少組門弟ということで旅しているんだよ。兄者はその目付役だからさ、旅に出たら見習与力なんて変だよ」

と祥次郎が言い募った。

「まあそうですけどね」

と駿太郎が曖昧に返事をした。

「ところがさ、最前渡し場の土手道へと上がるとき、兄者が国三さんやおれたちといっしょになって大八車を押し上げていたのに気付いたか」

はい、と返事をした駿太郎が、

「江戸を離れたせいでしょうかね」

と答えたが、一昨日の騒ぎが壮吾の気持ちを変えたのだと思っていた。むろん祥次郎らも壮吾が押込み強盗の頭分を斬ったと国三から聞かされていた。同時にこの一件はしばらく五人の胸に秘めていてほしいと強く言い渡されていた。

祥次郎は、

(兄の壮吾がほんとうに人を斬ったかどうか)

信じられないでいた。

「江戸を離れたからな。それもあるかもしれないけどさ、妙によそよそしくないか」

と祥次郎がいうのを聞いた嘉一が問答に加わり、

「おれたちのこと、怒らなくなったもんな。祥次郎なんか、道場では始終怒鳴られたり引っぱたかれたりしていたけどさ、旅に出てえらく大人しくなったな」

「祥次郎、嘉一さ、壮吾さんが大人しいのはおれたち年少組にとって悪くないぞ」

と吉三郎が応じた。

一歳年上の繁次郎と由之助は問答に加わろうとはしなかった。十四歳のふたり、繁次郎と由之助は、

(押込み強盗とはいえ初めて人を斬ったことが岩代壮吾に衝撃を与えている)

と内心思っていた。だが、口にすることはなかった。

「駿太郎さん、どう思うの」

と嘉一が聞いた。

「私ですか。日野を出た辺りから急な坂道があったと思います。そこをなんとか登りきることしか考えていません」

駿太郎は話を変えた。

「江戸の紀伊国坂より険しいのか」

と嘉一が質した。

「険しいし、長い坂だったと思います」

「駿太郎さん、日野宿の次なる宿場はどこだ」

と年少組の頭分の繁次郎が話に加わった。

「横山宿だと思います」

と駿太郎がいうところに国三が姿を見せ、

「皆さん、しっかりと朝餉を食べられましたか」

「国三さん、頂戴しました」

と応じた駿太郎が、

「国三さん、次の宿場は横山宿でしたよね」

「よく覚えていましたね。身延山久遠寺に出かけた折、横山宿を通りましたか」

「はい、母上とお夕姉ちゃんと女連れでしたから、横山宿でゆっくりと休息した覚えがあります」

頷いた国三が、

「横山宿は八王子宿とも称されますが、八日市宿、小門(おかど)宿、上野原宿、本宿、八幡宿、寺町、本郷宿、久保宿、子安宿、横町、嶋坊宿、馬乗宿、新町、八木宿の十四宿に八王子を加えて十五宿を呼ぶのです」

とすらすらと十五宿の名を上げたのを聞いた吉三郎が、

「えっ、久慈屋の奉公人ってそんなことまで知らなきゃあ、手代になれないのか。おれ、ダメだな」

と肩を落とした。

「吉三郎、おまえ、久慈屋に奉公しようと考えていたのか」

と由之助が質すと、

「だっておれたち部屋住みだぜ。久慈屋の店を見てさ、紙の卸先が大名家や旗本や神社仏閣だろ、おれ、奉公に出てもいいかな、と旅をしながら考えていたんだ。だけど、国三さんの動きや、気遣いや、宿の名もすらすら言えるなんておれ、できないよ」

と正直な気持ちを吐露した。

「吉三郎さん、私が手代の今日まで何年奉公してきたと思います。しくじって三年ほど常陸にある久慈屋の本家に紙漉きの修業に出されたこともあります。最初からなんでもできるなんてことはありません」

「国三さん、駿太郎さんはおれと同じ歳だよ。だけど剣術も強いし、研ぎ仕事ですでに稼いでいるだろ」

「人さまざまです、と言いたいですけどね、赤目駿太郎さんは別格です。父上は赤目小籐次様、母上は歌人のおりょう様、公方様だって赤目一家をご存じです。そんな二親(ふたおや)に育てられたんです、だから別格なんです」

と言った国三が、

「ようございます、品物を無事に薬王院有喜寺に納めたあと、皆さんの相談に私でよければのりますよ」

「よし、やった」

と吉三郎が手を打った。

「国三さん、横山宿までどれほどありますか」

「この日野宿から横山宿まで一里二十七丁四十八間です。日野を出ると最前駿太郎さんが皆さんに説明していたように長い坂が待ち受けています。横山宿に入る手前で浅川を渡ると、八王子千人同心屋敷があります」

「八王子千人同心って江戸の守りのために置かれたのだろうか」

と繁次郎が誰にともなく問うた。

「古は知りません。ただ今では八王子千人同心の主たる務めは、私どもが参る高尾山の先にある小仏峠の見回りです」

「どういうことですか」

と由之助が聞いた。

「高尾山にも連なる小仏峠は大雨や野分でよく道が塞がれるのだそうです。そこで千人同心の方々が小仏峠の普請をなさるのです。甲斐の国でできた絹もの、木綿を江戸に運ぶためには小仏峠を通らねばなりません。そのための甲州道中の手直しは大事な務めです」

国三は幾たびも高尾山薬王院に紙納めに来ているので、この界隈のことをよく承知していた。

「そうか、八王子千人同心の仕事は江戸を護るといっても槍や鉄砲で守るわけではないのか」

と由之助が得心した体で言った。

「むろん千人同心といっても千人どころか、数十人が半士半農で甲州道中を守っておられるのです」

「おれたち部屋住みだ、不浄役人の身内だと言われるけどさ、そうやって地道に働いている人たちがいるから八丁堀で安穏にくらしていけるんだ」

と嘉一が応じたとき、朝餉を終えた車力たちがぞろぞろと勝沼屋の奥から出てきて、頭分の八重助が、

「日野の先の宝泉寺の坂道は急だからよ、力を抜かずにいけよ」

と声をはりあげた。すると嘉一が、

「はい、親方」

と真っ先に応じた。

（下巻に続く）

この作品は文春文庫のために書き下ろされたものです。

文春文庫

鼠異聞 上
新・酔いどれ小籐次（十七）

定価はカバーに表示してあります

2020年7月10日　第1刷

著者　佐伯泰英
発行者　花田朋子
発行所　株式会社 文藝春秋

東京都千代田区紀尾井町 3-23　〒102-8008
TEL 03・3265・1211㈹
文藝春秋ホームページ　http://www.bunshun.co.jp

落丁、乱丁本は、お手数ですが小社製作部宛お送り下さい。送料小社負担でお取替致します。

印刷・凸版印刷　製本・加藤製本

Printed in Japan
ISBN978-4-16-791520-9

居眠り磐音

友を討ったことをきっかけに江戸で浪人暮らしの坂崎磐音。隠しきれない育ちのよさとお人好しな性格で下町に馴染む一方、〝居眠り剣法〟で次々と襲いかかる試練と敵に立ち向かう！

※白抜き数字は続刊

居眠り磐音〈決定版〉順次刊行中！

① 陽炎ノ辻 かげろうのつじ
② 寒雷ノ坂 かんらいのさか
③ 花芒ノ海 はなすすきのうみ
④ 雪華ノ里 せっかのさと
⑤ 龍天ノ門 りゅうてんのもん
⑥ 雨降ノ山 あふりのやま
⑦ 狐火ノ杜 きつねびのもり
⑧ 朔風ノ岸 さくふうのきし
⑨ 遠霞ノ峠 えんかのとうげ
⑩ 朝虹ノ島 あさにじのしま
⑪ 無月ノ橋 むげつのはし
⑫ 探梅ノ家 たんばいのいえ
⑬ 残花ノ庭 ざんかのにわ
⑭ 夏燕ノ道 なつつばめのみち
⑮ 驟雨ノ町 しゅううのまち
⑯ 螢火ノ宿 ほたるびのしゅく
⑰ 紅椿ノ谷 べにつばきのたに
⑱ 捨雛ノ川 すてびなのかわ

⑲ 梅雨ノ蝶 ばいうのちょう
⑳ 野分ノ灘 のわきのなだ
㉑ 鯖雲ノ城 さばぐものしろ
㉒ 荒海ノ津 あらうみのつ
㉓ 万両ノ雪 まんりょうのゆき
㉔ 朧夜ノ桜 ろうやのさくら
㉕ 白桐ノ夢 しろぎりのゆめ
㉖ 紅花ノ邨 べにばなのむら
㉗ 石榴ノ蠅 ざくろのはえ
㉘ 照葉ノ露 てりはのつゆ
㉙ 冬桜ノ雀 ふゆざくらのすずめ
㉚ 侘助ノ白 わびすけのしろ
㉛ 更衣ノ鷹 きさらぎのたか 上
㉜ 更衣ノ鷹 きさらぎのたか 下
㉝ 孤愁ノ春 こしゅうのはる
㉞ 尾張ノ夏 おわりのなつ
㉟ 姥捨ノ郷 うばすてのさと
㊱ 紀伊ノ変 きいのへん
㊲ 一矢ノ秋 いっしのとき
㊳ 東雲ノ空 しののめのそら
㊴ 秋思ノ人 しゅうしのひと
㊵ 春霞ノ乱 はるがすみのらん
㊶ 散華ノ刻 さんげのとき
㊷ 木槿ノ賦 むくげのふ
㊸ 徒然ノ冬 つれづれのふゆ
㊹ 湯島ノ罠 ゆしまのわな
㊺ 空蟬ノ念 うつせみのねん
㊻ 弓張ノ月 ゆみはりのつき
㊼ 失意ノ方 しついのかた
㊽ 白鶴ノ紅 はっかくのくれない
㊾ 意次ノ妄 おきつぐのもう
㊿ 竹屋ノ渡 たけやのわたし
51 旅立ノ朝 たびだちのあした

新・居眠り磐音

① 奈緒と磐音 なおといわね
② 武士の賦 もののふのふ
③ 初午祝言 はつうましゅうげん
④ おこん春暦 おこんはるごよみ

文春文庫　書きおろし時代小説

（　）内は解説者。品切の節はご容赦下さい。

井川香四郎
寅右衛門どの　江戸日記
千両仇討（あだうち）

なんと本物のお殿様におさまってしまった与多寅右衛門、さっそく藩政改革に乗り出すが。古典落語をモチーフにした人気シリーズ第四弾は、人情喜劇にして陰謀渦巻く時代活劇に？

い-79-19

井川香四郎
寅右衛門どの　江戸日記
殿様推参

潰れた藩の影武者だった寅右衛門どのが、いまや本物の殿様にして若年寄。出世しても相変わらずそこつ長屋に出入りし、仲間とともに幕政改革に立ち上がる。ついに最後？の大活躍。

い-79-20

稲葉　稔
ちょっと徳右衛門
幕府役人事情

剣の腕は確か、上司の信頼も厚いのに、家族が最優先と言い切るマイホーム侍・徳右衛門。とはいえ、やっぱり出世も同僚の噂も気になって…新感覚の書き下ろし時代小説！

い-91-1

稲葉　稔
疑わしき男
幕府役人事情　浜野徳右衛門

与力・津野惣十郎に絡まれた徳右衛門。しまいには果たし合いを申し込まれる。困り果てていたところに起こった人殺し事件。徒目付の嫌疑は徳右衛門に――。危うし、マイホーム侍！

い-91-4

稲葉　稔
五つの証文
幕府役人事情　浜野徳右衛門

従兄の山崎芳則が札差の大番頭殺しの容疑をかけられた。潔白を証明せんと一肌脱ぐ徳右衛門。が、そのせいで妻のあらぬ疑いを招くはめに。われらがマイホーム侍、今回も右往左往！

い-91-5

稲葉　稔
すわ切腹
幕府役人事情　浜野徳右衛門

剣の腕を買われ、火付盗賊改に加わった徳右衛門。大店に押し入った賊の仲間割れで殺された男により、窮地に立つことに。何よりも家族が大事なマイホーム侍シリーズ、最終巻。

い-91-6

上田秀人
奏者番陰記録
遠謀

奏者番に取り立てられた水野備後守はさらなる出世を目指し、松平伊豆守に服従する。そんな折、由井正雪の乱が起こり、備後守はその裏にある驚くべき陰謀に巻き込まれていく。

う-34-1

（　）内は解説者。品切の節はご容赦下さい。

風野真知雄
耳袋秘帖
紀尾井坂版元殺人事件

「耳袋」の刊行を願い出ていた版元が何者かに殺された。許可はださなかったが、評定所の会議で根岸に嫌疑が掛かった。根岸、最大の危機を迎える?!

か-46-35

風野真知雄
耳袋秘帖
白金南蛮娘殺人事件

長崎・出島のカピタンの定宿長崎屋では、宿泊するものがいないのに不穏な様子。また白金界隈に金髪女が出現しているらしい。一体何が起きているのか？　根岸の名推理が冴える。

か-46-36

篠　綾子
墨染の桜
更紗屋おりん雛形帖

京の呉服商「更紗屋」の一人娘・おりんは、将軍継嗣問題に巻き込まれ、父も店も失った。貧乏長屋住まいを物ともせず、店の再建のために健気に生きる少女の江戸人情時代小説。（島内景二）

し-56-1

篠　綾子
黄蝶の橋
更紗屋おりん雛形帖

犯罪組織「子捕り蝶」に誘拐された子供を奪還すべく奔走するおりん。事件の真相に迫ると、藩政を揺るがす悲しい現実があった。少女が清らかに成長していく江戸人情時代小説。（葉室　麟）

し-56-2

篠　綾子
紅い風車
更紗屋おりん雛形帖

勘当され行方知れずとなっていた兄・紀兵衛と再会したおりん。喜びもつかの間、兄の修業先・神田紺屋町で起こった染師毒殺事件の犯人として紀兵衛が捕縛されてしまう。（岩井三四二）

し-56-3

篠　綾子
山吹の炎
更紗屋おりん雛形帖

ついに神田に店を出すことになり更紗屋再興に近づいたおりん。ところが大火で店が焼けてしまう。身を寄せた寺で出会ったお七という少女が、おりんの恋に暗い翳を落とす。（大矢博子）

し-56-4

篠　綾子
白露の恋
更紗屋おりん雛形帖

想い人・蓮次が吉原に通いつめ、生まれて初めて恋の苦しさと嫉妬に翻弄されるおりん。一方、熙姫は亡き恋人とおりんのために将軍綱吉の大奥入りへと心を動かされ……。（細谷正充）

し-56-5

（　）内は解説者。品切の節はご容赦下さい。

篠　綾子
紫草（むらさき）**の縁**（ゆかり）
更紗屋おりん雛形帖
弟の仇討のため江戸を出た蓮次と別れたおりんは、悲しみから、針を持てず縫物ができなくなってしまう。大奥入りした熙姫の依頼で、将軍綱吉主催の大奥衣裳対決に臨むが……。（菊池　仁）
し-56-6

鳥羽　亮
鬼彦組
八丁堀吟味帳
北町奉行所同心の惨殺屍体が発見された。自殺にみせかけた殺人事件を捜査しているうちに、消されたらしい。吟味方与力・彦坂新十郎と仲間の同心達は奮い立つ！　シリーズ第1弾！
と-26-1

鳥羽　亮
謀殺
八丁堀吟味帳「鬼彦組」
呉服屋「福田屋」の手代が殺された。さらに数日後、番頭らが辻斬りに。尋常ならぬ事態に北町奉行所吟味方与力・彦坂新十郎の率いる精鋭同心衆「鬼彦組」が捜査に乗り出した。シリーズ第2弾。
と-26-2

鳥羽　亮
闇の首魁
八丁堀吟味帳「鬼彦組」
複雑な事件を協力しあって捜査する「鬼彦組」に、同じ奉行所内の上司や同僚が立ちふさがった。背後に潜む町方を越える幕府の闇に、男たちは静かに怒りの火を燃やす。シリーズ第3弾。
と-26-3

鳥羽　亮
裏切り
八丁堀吟味帳「鬼彦組」
日本橋の両替商を襲った強盗殺人。手口を見ると殺しのほかは十年前に巷を騒がした強盗「穴熊」と同じ。だが昔の一味は、鬼彦組の捜査を先廻りするように殺されていた。シリーズ第4弾。
と-26-4

鳥羽　亮
はやり薬（ぐすり）
八丁堀吟味帳「鬼彦組」
江戸の町に流行風邪が蔓延。人気医者・玄泉が出す万寿丸は飛ぶように売れたが、効かないと直言していた町医者が殺された。いぶかしむ鬼彦組が聞きこみを始めると――。シリーズ第5弾。
と-26-5

鳥羽　亮
謎小町
八丁堀吟味帳「鬼彦組」
先ごろ江戸を騒がす「千住小僧」を追っていた同心が殺された！　後を追う北町奉行所特別捜査班・鬼彦組に、「闇の者どもの「親子の情」が立ちふさがった。大人気シリーズ第6弾！
と-26-6

（　）内は解説者。品切の節はご容赦下さい。

鳥羽 亮
心変り
八丁堀吟味帳「鬼彦組」

幕府の御用だと偽り戸を開けさせ強盗殺人を働く「御用党」。北町奉行所の特別捜査班・鬼彦組に追い詰められた彼らは、女医師を人質にとるという暴挙にでた！　大人気シリーズ第7弾。

と-26-7

鳥羽 亮
惑い月
八丁堀吟味帳「鬼彦組」

賭場を探っていた岡っ引きが惨殺された。手札を切っていた同心にも脅迫が――。精鋭同心衆の「鬼彦組」が動き出す！　倉田佐之助の剣が冴える、人気書き下ろし時代小説第8弾。

と-26-8

鳥羽 亮
七変化
八丁堀吟味帳「鬼彦組」

同心・田上与四郎の御用聞きが殺された。与力の彦坂新十郎は事件の背後に自害しているはずの「目黒の甚兵衛」の影を感じる――果たして真相は？　人気書き下ろし時代小説第9弾。

と-26-9

鳥羽 亮
雨中の死闘
八丁堀吟味帳「鬼彦組」

連続して襲撃される鬼彦組同心の御用聞きたち。やがて明らかになる意外で強大な敵とは？　危険な戦いの中で倉田の剣が冴える、鳥羽亮の大人気書き下ろし時代小説第10弾。

と-26-10

鳥羽 亮
顔なし勘兵衛
八丁堀吟味帳「鬼彦組」

ある夜廻船問屋「黒田屋」のあるじと手代が惨殺された。賊は複数いるらしい……。「鬼彦組」は探査を始めるが、なんと新十郎が襲撃されて傷を負う――緊迫のシリーズ最終作。

と-26-11

鳥羽 亮
狼虎の剣
八丁堀「鬼彦組」激闘篇

立て続けに発生する、左腕を斬り落とし止めを刺す残虐な辻斬り事件。江戸の町は恐怖に染まった。事態を重く見た奉行所は「鬼彦組」に探索を命じる。賊どもの狙いは何か！

と-26-12

鳥羽 亮
暗闘七人
八丁堀「鬼彦組」激闘篇

廻船問屋・松田屋はある藩の交易を一手に引き受けていたが、不審な金の動きに気づいた若旦那が調べ始めた矢先に殺されたという。鬼彦組が動き始める。

と-26-13

（　）内は解説者。品切の節はご容赦下さい。

鳥羽　亮
八丁堀「鬼彦組」激闘篇
蟷螂（かまきり）の男

ある夜、得体のしれない賊に襲われ殺された材木問屋の主人の遺体に残された傷跡は、鬼彦組の面々が未だ経験したことのない形状だった。かつてない難敵が北町奉行所に襲いかかる！

と-26-14

鳥羽　亮
八丁堀「鬼彦組」激闘篇
奇怪な賊

大店に賊が押し入り番頭が殺され、大金が盗まれた。中からは厳重に戸締りされていて、完全密室状態だった。そしてまた別の店が——一体どうやって忍び込んだのか！　奴らは何者か？

と-26-15

野口　卓
ご隠居さん

腕利きの鏡磨ぎ師・梟助じいさん。江戸に暮らす人々の家に入り込み、落語や書物の教養をもって面白い話を披露、時には事件を鮮やかに解決します。待望の新シリーズ。（柳家小満ん）

の-20-1

野口　卓
心の鏡
ご隠居さん㈡

古き鏡に魂あり。誠心誠意磨いたら心を開いてくれるでしょう——古い鏡にただならぬものを感じ精進潔斎して鏡磨ぎの仕事に挑む表題作など全五篇。人気シリーズ第二弾。（生島　淳）

の-20-2

野口　卓
犬の証言
ご隠居さん㈢

五歳で死んだ一人息子が見知らぬ夫婦の子として生れ変っていた？　愛犬クロのとった行動に半信半疑の両親は——鏡磨ぎの梟助じいさんが様々な「絆」を紡ぐ傑作五篇。（北上次郎）

の-20-3

野口　卓
出来心
ご隠居さん㈣

主人が寝ている隙に侵入した泥坊が、酒の誘惑に勝てず酔いつぶれたという隣家の話に「まるで落語ですね」と梟助さん。勢い話は泥坊づくしとなり——。大好評の第四弾。（縄田一男）

の-20-4

野口　卓
還暦猫
ご隠居さん㈤

突然引っ越したお得意様夫婦の新居を梟助さんが訪ねると、座布団に猫が一匹。まさかあの奥さまの願望が真実に⁉　落語や豆知識が満載の、ほろ苦くも心温まる第五弾。（大矢博子）

の-20-5

（　）内は解説者。品切の節はご容赦下さい。

野口 卓
思い孕（はら）み
ご隠居さん㈥

十七歳で最愛の夫を亡くしたイネ曰く「死んでも魂はそばにいるの」。そのうちイネのお腹が膨らみ始めて……。謎と笑い溢れる江戸のファンタジー全五篇。好評シリーズ第六弾！

の-20-6

藤井邦夫
島帰り
秋山久蔵御用控

女誑しの男を斬って、久蔵が島送りにした浪人が務めを終え江戸に戻ってきた。久蔵は気に掛け行き先を探るが、男は姿を消した。何か企みがあってのことなのか。人気シリーズ第二十二弾。

ふ-30-27

藤井邦夫
生き恥
秋山久蔵御用控

金目当ての辻強盗が出没した。怪しいのは金遣いの荒い遊び人とみて、久蔵は旗本の部屋住みなどの探索を進める。そんな折、和馬は旗本家の男と近しくなる。シリーズ第二十三弾。

ふ-30-28

藤井邦夫
守り神
秋山久蔵御用控

博奕打ちが殺された。この男は、お店の若旦那や旗本を賭場に誘い、博奕漬けにして金を巻き上げていたという。久蔵は手下たちとともに下手人を追う。好評書き下ろし第二十四弾！

ふ-30-29

藤井邦夫
始末屋
秋山久蔵御用控

二人の武士に因縁をつけられた浪人が、衆人環視の中、相手を斬り捨てた。尋常の立合いの末であり問題はないと誰もが庇う中、〝剃刀〟久蔵だけが違和感を持った。シリーズ第二十五弾！

ふ-30-30

藤井邦夫
冬の椿
秋山久蔵御用控

かつて久蔵が斬り棄てた浪人の妻と娘。質素ながら幸せそうに暮らす二人だったが、その様子を窺う怪しい男に気づいた和馬は、久蔵に願って調べを始める。人気シリーズ第二十六弾！

ふ-30-31

藤井邦夫
夕涼み
秋山久蔵御用控

十年前に勘当され出奔した袋物問屋の若旦那が、江戸に戻ってきたらしい。隠居した父親は勘当したことを悔い、弥平次に息子捜しを依頼する。〝剃刀〟久蔵の裁定は？　シリーズ第二十七弾！

ふ-30-32